**Beate Bößl**

# TIEFGEFROREN

Beate Bößl

# TIEFGEFROREN

Frankfurter Allgemeine Buch

**Bibliografische Information der Deutschen Nationalbibliothek**
Die Deutsche Nationalbibliothek verzeichnet diese Publikation in der Deutschen Nationalbibliografie; detaillierte bibliografische Daten sind im Internet über http://dnb.d-nb.de abrufbar.

Beate Bößl
**Tiefgeforen**

Alle Personen und Firmen in dieser Geschichte sind frei erfunden. Ähnlichkeiten wären rein zufällig.

F.A.Z.-Institut für Management-,
Markt- und Medieninformationen GmbH
Mainzer Landstraße 199
60326 Frankfurt am Main
Geschäftsführung: Volker Sach und Dr. André Hülsbömer

Frankfurt am Main 2011

ISBN 978-3-89981-261-9

Frankfurter Allgemeine Buch



Gestaltung/Satz
Umschlag Anja Desch
Titelfotos Panzernashorn: Fotolia © Otto Durst
Eiswürfel: Fotolia © Okea
Druck CPI Moravia Books s.r.o., Brněnská 1024, CZ-691 23 Pohořelice



Printed in EU

myclimate
neutral

Als man Eduard Kemp fand, hatte der Aktenvernichter sogar seine Nase in Mitleidenschaft gezogen. Angelika Olm, Chefsekretärin und an normalen Tagen eine Fachfrau für Etikette und DIN-Normen, hatte sich in den Papierkorb übergeben und schluchzte so dramatisch wie zuletzt vor acht Tagen, als die glutäugige Frau Müller aus der Buchhaltung das gleiche violette Kostüm trug wie sie selbst. Das Team der Spurensicherung hatte andere Probleme. Es suchte nach einer Stelle, an der es die Krawatte durchtrennen konnte, die den Kopf der Firma Kuhne & Söhne so nah an die Schnittstellen seines Hauses gebracht hatte, wie er es sich zu Lebzeiten nie hätte vorstellen können. Eduard Kemp war ein Mann, der Distanz wahrte. Nun aber hing sein Körper in unschöner Verwinkelung – und aufs Engste mit diesem verbunden – über seinem Hochleistungsschredder „Super S 343“, der bis zu 30 Seiten Akten und andere Papiere gleichzeitig in möhrenfeine Streifen zerschneiden kann.

„Na, das Gerät hatte aber Appetit!“, murmelte Kai Ender zu sich selbst. Er war im vergangenen Monat 40 Jahre alt geworden und äußerlich ein Typ, auf den die Attribute *jung, dynamisch, erfolgreich* zutreffen könnten, wobei es mit diesem Dreiklang im mittleren Polizeidienst natürlich immer so eine Sache ist. Jedenfalls trug er keinen Schnurrbart. An diesem Tatort des gehobenen Mittelstandes fügte sich Ender unaufdringlich in das Ambiente aus Buchenholzschrankwänden, Grünpflanzen und Glasaccessoires ein, seine Cordhose harmonierte mit dem Fußboden und, ja, er hatte sogar Ähnlichkeit mit dem Mitarbeiter, der ihm am Eingang schwülstig-nasal den Weg in die Chefetage gewiesen hatte: „Die Treppe hinauf, Flur rechte Seite. Die Kollegen warten schon. Also, Ihre!“

Obwohl seit vielen Jahren im Dienst, war Kai Ender vom Anblick dieses Opfers schockiert. Dort, wo eigentlich eine Nase sitzt, war hier eine blutige Masse zu sehen. Die benachbarten Gesichtspartien waren ebenso in Mitleidenschaft gezogen worden. Lediglich wenn Kai Ender die Augen ein wenig zusammenkniff und blinzelte, sammelte sich die undefinierbare dunkelrote Stelle des mittlerweile auf den Boden gelegten Mannes zu einer Art Clownsnase. Nicht, dass er dem Ganzen dadurch hätte etwas Fröhlicheres abgewinnen können, aber es verzerrte in diesem Moment auf angenehme Weise die Wirklichkeit.

Seine erste ermittlungstechnische Schlussfolgerung zu diesem Zeitpunkt war folgende: Der etwa 60-jährige Mann vor ihm, Chef einer Tiefkühlfirma für Lebensmittel, deren Produkte Kai Ender schon seit Kindertagen kannte, musste sich von seinem Bürostuhl aus gebückt haben und dabei mit dem Krawattenzipfel in den „Super S 343“ geraten sein, der den edlen Seidenbinder in eine unbeirrbare Würgeschlange verwandelt hatte. Bis Eduard Kemp Zentimeter für Zentimeter die Luft zum Atmen entzogen worden war, sollten ihm trotzdem fünf, vielleicht sogar zehn Sekunden verblieben sein, um das nahende Unheil zu stoppen. Gewiss kein Ding der Unmöglichkeit – doch war es Eduard Kemp ganz offensichtlich weder gelungen, den Aus-Knopf zu betätigen noch den Stecker zu ziehen. Dies war ungewöhnlich und hatte ein Großaufgebot der Polizei auf den Plan gerufen.

In seinem Kopf formulierte Kai Ender einen Text für die Traueranzeige. Es war eine dieser zwanghaften Angewohnheiten, die ihn schon seit der Polizeischule verfolgten. Auf seinen Skizzenblock kritzelte er die Zeile: *„Er war eine Führungskraft vom alten Schlag und auch mit den Banalitäten des Alltags nicht per Du."*

Anschließend schaute er sich noch einmal genau um, ging dafür erneut auf den Flur zurück und dann durch das Vorzimmer der Sekretärin wieder in das Büro von Eduard Kemp. Er wollte alles noch einmal unvoreingenommen betrachten. Ihm fiel auf, dass dieses Büro im Grunde gar nicht nach Arbeit aussah, sondern eher wie ein Herrenzimmer, in dem sich ausländische Gäste in Goldene Bücher eintrugen und Gespräche geführt wurden, bei denen es darum ging, einen appetitlichen Eindruck zu machen. Alles hier war überaus schick und repräsentativ – und über die Maßen aufgeräumt. Die einzelnen Gegenstände im Raum schienen wie für eine Ausstellung platziert. Der tödliche Papierschredder, Computer und Drucker wirkten viel zu modern für diesen Ort. Passender war der übergroße, in Leder gefasste Taschenrechner. Auf der massiven Schreibtischplatte aus dunklem Holz stand eine ebenso massive Glaskugel, die Kai Ender an Wahrsagerinnen erinnerte. Es lagen dort außerdem, fein säuberlich aufgereiht, einige Stapel Papiere, eine Aktenmappe und in der Mitte eine Schreibtischunterlage mit Messingbeschlägen an den vier Ecken, zu der es einen passenden Zettelkasten, eine wellenförmige Ablage für einen Brieföffner sowie einen kuriosen Ständer für Schreibgeräte gab, aus dem etliche dicke Stifte wie Mikadostäbe herausragten. Kai Ender erinnerte das an seinen orangefarbenen Stifte-Igel, den er als Kind beim Weltspartag geschenkt bekommen hatte. Zwischen die Stacheln hatte er lange Jahre seine auswaschbaren Filzmaler einsortiert. Auf den Gedanken, dass erwachsene Menschen auch nur Ähnliches, geschweige denn eine Luxusausgabe davon besitzen könnten, war er nie gekommen. Er notierte sich *Stifte-Igel deluxe.* Weniger der ermittlerischen Relevanz wegen, denn als Merker, um bei Gelegenheit einmal im Fachhandel danach zu schauen.

Nicht zu übersehen war auf Eduard Kemps Schreibtisch außerdem ein glänzendes Plastiktütchen mit zwei Trüffelpralinés darin – eines mit weißer Lasur, eines in Zartbitter –, die er mit der Notiz *zwei Pralinés gemischt* inventarisierte. Auffällig, soweit man dies so nennen konnte, war, dass der Teppichboden in diesem Zimmer ein ganz anderer war als der auf dem Flur und im Vorzimmer. Dieser hier war nahezu so flauschig, dass man meinen konnte, es handele sich um die aufwändig-üppige Knüpfarbeit einer pensionierten Handarbeitslehrerin, die genug von den ewig gleichen Kissenformaten hatte und sich hier endlich hatte austoben können. An den Wänden schaute Kai Ender kurz auf die Rahmen mit diversen Urkunden und Prämierungen wie „Top-Froster 1999“ oder „1. Platz Eisbombe (national)“.

Als er Eduard Kemps Mahagonischrankwand auf der gegenüberliegenden Seite des Fensters aufklappte, sah er links eine Reihe Ordner und rechts eine gut ausgestattete Schrankbar mit diversen Gläsern, edlen Alkoholika und einem kleinen Eisfach. *Denver, Dallas, Dekadenz* schrieb Kai Ender ein wenig frustriert auf, denn im Grunde ließ nichts von dem, was hier zu sehen war, auf Unerwartetes schließen.

Der Polizeikommissar war längst neidisch geworden und dachte an das bräunliche, abgetretene Laminat in seinem Büro und an die Pappschachtel mit Jägermeister, die es am Kiosk vis-à-vis der Polizeikantine gab. So trostlos stand sie da, als hätte Tante Emma persönlich sie vergessen. Wenn für Kai Ender einmal etwas wirklich gut oder wirklich schlecht gelaufen war, dann kaufte er sich ein, zwei Fläschchen davon beim Ehepaar Denker, das den Kiosk gepachtet hatte und dem keine Vorliebe, kein Kauf ihrer Kundschaft, die sich zu 80 Prozent aus den Polizeikollegen und der benachbarten Staatsanwaltschaft rekrutierte, gleichgültig zu sein schien.

Die Denkers wussten, wer belegte Brote mit und wer ohne Remoulade aß, wer sich freute, wenn sie ihm eine Lakritzschnecke schenkten. Damit kein Getuschel aufkam, sagte Kai Ender jedes Mal, wenn er sich Jägermeister kaufte: „Frau Denker, ich habe einfach zu fettig gegessen!" Meist wurde er danach drei, mindestens aber zwei Tage mit einem fröhlichen „Was macht denn Ihr Magen, Herr Ender? Alles wieder gut?", begrüßt.

Kai Ender hatte das Ehepaar Denker ins Herz geschlossen. Umgekehrt schenkten sie ihm fast immer etwas Süßes. Wenn sie besonders witzig sein wollten, war es ein Augapfel aus Weingummi. „Ich habe hier einen neuen Fall für Sie!", sagte Herr Denker dann, und hatte auch beim x-ten Mal noch diebischen Spaß daran. Kai Ender fand die Augen mit ihrer weißen Schaumzuckerpupille gruselig. Weil er es aber nicht übers Herz brachte, etwas zu sagen, bedankte er sich stets bei Herrn Denker – und legte das wabbelige Teil im Büro in eine kleine Dose, in der die verschmähten

Exemplare zwischen Radiergummis und Büroklammern finster und klebrig dreinblickten.

Kurzum: Im schicken Büro von Eduard Kemp hätte er sich nur zu gern einen Schluck aus der Schrankwand genehmigt. Whiskey. Oder Wodka. Doch dafür war er nicht hier. Er war hier, um herauszufinden, wie Eduard Kemp in den Hochleistungsschredder geraten war, doch bislang hatte er den Eindruck, er könne sich als Analyseergebnis *Nichts und wieder nichts!* auf seinen Notizzettel schreiben. Ein Möbelstück hatte er bis dahin allerdings ausgelassen. Es war der gläserne Eisschrank rechts in der Ecke hinter dem Schreibtisch. Es war ein Modell wie aus einer Zeitschrift für edles, amerikanisches Innendesign, hatte eine komplette Glasfront und gab einen angenehmen, fast unhörbaren Summton von sich. Durch die Glastür schaute Kai Ender auf verschiedene Tiefkühlkartons und -tüten, offenbar eine Auswahl der Produkte, die Eduard Kemps Arbeitsleben bestimmt und ihm zu beachtlichem Reichtum und Ansehen verholfen hatten.

Kai Ender klappte den Eisschrank kurz auf, dessen Glasscheibe beschlug und der ihm einen eisigen Lufthauch entgegenstieß. Er nahm einige Pakete Eiscreme und einen Beutel „Vegetarische Bohnensuppe mit Sojawurst" sowie zwei Beutel „Grünkohl, grob geschnitten" heraus. Mehr grundlos als überlegt. Dabei fiel ihm plötzlich ein Zettel im untersten Fach auf. Auf dem Zettel standen, schwer zu entziffern, in Handschrift die Namen *„Menke!"* und *„Struwe!"*. Kai Ender wunderte sich, schrieb dann *„WICHTIG! Zettel in Jacke, nicht vergessen!"* auf seinen Block, steckte den Zettel ein und legte die Tiefkühlkost zurück.

Als er schon fast aus dem Büro des Toten herausgetreten war, knackte etwas unter seinem Schuh. Kai Ender schaute herunter und schob mit der Schuhspitze einen winzigen USB-Stick aus den Flauschfransen, in denen sich kleine Gegenstände, so wusste er nun, offensichtlich sehr schnell festtreten konnten. Es war derselbe Moment, in dem sich vom Flur aus ein leichter Tumult ausbreitete. „Stopp!" und „Sie dürfen nicht da rein!", riefen die Polizeikollegen. Ohne lange zu überlegen, bückte sich Kai Ender. Just als er sich wieder aufrichtete, sah er in das Gesicht eines äußerst schneidigen Mannes um die 45, der versuchte, durch das Vorzimmer in Kemps Zimmer zu gelangen. Kai Ender steckte den Stick in die Hosentasche und stellte sich dem Mann in den Weg. „Ich heiße Dr. Uwe Struwe", sagte dieser entschlossen, „ich leite hier im Haus die Finanzabteilung und mache Sie darauf aufmerksam, dass wir Tage der offenen Tür bei uns nicht dulden!"

Kai Ender musste kurz überlegen, fast lachen. „Na, so ein Zufall", sagte er, „soeben habe ich sie aus dem Gefrierschrank befreit" und wedelte mit dem Zettel aus dem Eisschrank. Kai Ender hatte den Eindruck, als ob der Herr Doktor für einen winzigen Moment zusammengezuckt wäre. Herr Dr. Struwe legte nach: „Ich weiß nicht, was Sie meinen, aber ich weiß, unser halbes Haus ist auf den Beinen. Und wer sagt eigentlich, dass alle Menschen mit weißen Schutzanzügen, die hier herumlaufen, wirklich von der Polizei sind! – Kennen Sie zum Beispiel den hier?", sagte Dr. Struwe forsch und zupfte jemandem von der Spurensicherung ruppig am Ärmel. „Oder diesen hier?", wobei er unwirsch in das Gesicht einer Polizeikollegin guckte, die unter ihrer weißen Kapuze tatsächlich eher wie ein Mann aussah. „Ich bin dafür verantwortlich, dass in unserem Hause keine Unterlagen abhanden kommen, und ich fordere Sie auf, sofort für Ordnung zu sorgen!" Pause. „Oder ich rufe die Polizei!" Über den letzten Satz, das war zu merken, war er selbst etwas verdattert.

Kai Ender bat jemanden, die Personalien von Dr. Struwe aufzunehmen und einen Kollegen abzustellen, damit der Flur fortan weder von Tiefkühl-Kuhne-Söhnen noch von Tiefkühl-Kuhne-Töchtern betreten werden würde. Kein einziger Mitarbeiter solle den Gang betreten, bis die Ermittlung abgeschlossen sei. Kai Ender sagte zum Finanzleiter, er möge sich zu einem Gespräch bereithalten, er würde auf ihn zukommen – „Auf Wiedersehen!"

Dann ging Kai Ender hinaus, vorbei an zwei Leuten aus seinem Team und Kräften von der Spurensicherung, die er wirklich noch nie gesehen hatte. Am Ende des Ganges, nahe dem Treppenhaus, stand ein Pulk von Kemp-Mitarbeitern vor einem Absperrband, von denen sich die Hälfte die Hand vor den Mund hielt. Ein Teil vor Schreck. Der andere vermutlich, weil immer noch ein unschöner, säuerlicher Geruch in der Luft lag. Frau Olm aus dem Vorzimmer des Hausherrn saß, heute in ein grellrotes Kostüm gekleidet, derweil auf einem Stuhl. Vor ihr kniete eine junge Frau, die ihr ein Glas Wasser reichte. „Solch ein Kleid zu diesem Anlass ist eine Zumutung", dachte Kai Ender und sah herüber zur Sekretärin. Er reimte rosenrot auf mausetot, während er das Gebäude verließ.

Als Kai Ender am nächsten Morgen im Büro die halbseitigen Traueranzeigen für Eduard Kemp aufschlug, stand dort in Versalien der Satz: *IM LEBEN HAT ER DEN KAMPF GEGEN DIE TECHNIK STETS GEWONNEN.* In der Zeile darunter: *Gott gibt und nimmt uns die Luft zum Atmen.* Kai Ender war klar, er würde es nicht leicht haben zu ermitteln, aber gleich ganz oben anzusetzen, machte ihm nun doch ein wenig Angst. Denn was er inzwischen sicher wusste: Eduard Kemp war kein Opfer überbordender Bürokratie oder eines ausgeprägten Alltagstauglichkeitsdefizites. Hier hatte jemand nachgeholfen. Die Obduktion ließ daran keinen Zweifel.

Um Kai Ender herum rotierte und rumorte es im Büro. Pinnwände wurden hereingeschoben, und jemand brachte einen riesigen Stadtplan daran an. Es war nicht der erste Mordfall, den er lösen musste, aber es war der erste, in dem er sich wie in einem dieser Vorabendkrimis vorkam. Auch dort wurden oft Sachen gemacht, die ihm nicht einleuchteten. „Räumt sofort die Karte hier raus!", brüllte er, für seine Verhältnisse recht aggressiv, in Richtung zweier jüngerer Polizistinnen. – „Wir haben hier doch keine Entführung!" Eine andere Kollegin legte ihm eine Liste vor, auf der die Namen der engsten Mitarbeiter von Eduard Kemp standen. „Danke! Wenigstens eine, die hier mitdenkt", sagte er. Er stutzte, denn auf der Liste fand sich auch der Name *Dirk Menke.* Das dazugehörige Profil lautete: „46 Jahre, langjährig beschäftigt bei Kuhne & Söhne, zunächst Vertriebs-, später auch Produktionsleiter und ebenfalls verantwortlich für die hauseigene Lebensmittelschiene (Verarbeitung regionaler Produkte/auch Export)."

Kai Ender nahm seine Jacke und schnappte sich den „Menke! Struwe!"-Zettel aus dem Gefrierschrank, den seine Kollegen bereits erfolglos auf Fingerabdrücke untersucht und ihm in einer Plastikhülle zurückgegeben hatten. Es sei „eindeutig die Schrift vom Padrone", sagte jemand vorlaut und meinte damit Kemp. Bevor Kai Ender sein Team vor Wut zu kleinen Italienern machte, fuhr er lieber zurück in das Unternehmen. Viel mehr als einen todbringenden Schredder und einen Notizzettel an ungewöhnlichem Ort, das musste er sich eingestehen, hatten sie bislang nicht auftun können.

Kai Ender ging direkt zum Bürotrakt, der zum Hochregallager mit den Tiefkühlpaletten gehörte. „Herr Menke kommt sofort", sagte eine Frau zu ihm, bei der er seinen Besuch angemeldet hatte und die ihn in einen Besprechungsraum geführt hatte. Dieser Besprechungsraum machte zumindest ein wenig von dem wieder gut, was ihn in Eduard Kemps pompösem „Blauen Salon" aus dem Takt gebracht hatte. Dieses Zimmer war nämlich das komplette Gegenstück zu Kemps Prunkzimmer. Vielleicht war es sogar das Schlichteste, das man sich für einen Betrieb wie diesen überhaupt vorstellen konnte. Rechts an der Wand hing ein Werbekalender einer Speditionsfirma, auf dem Tisch stand ein Aschenbecher und auf der Fensterbank eine Pflanze, die sich diese Trostlosigkeit zu Herzen genommen zu haben schien. Selbst die Flure der Polizei waren bunte Spielwiesen gegen diese Tristesse.

Es dauerte nicht lange, da betrat Dirk Menke den Raum. Nicht dass Kai Ender ein Fachmann für Vertriebsleiter gewesen wäre, doch dieser hier war ganz offensichtlich das Magnum Gold seiner Spezies, braungebrannt, die Haare gut pomadiert und keinen Hehl daraus machend, dass Uhren für Männer das sein können, was für die Damenwelt Handtaschen sind: Statussymbole, die gern locker an Hand- oder Schultergelenk schwingen dürfen. Dirk Menke sah in diesem Büroraum aus, als würde man Donald Trump in eine Umkleidekabine der Stadthalle von Oer-Erkenschwick setzen.

Das Gespräch mit dem Vertriebsleiter verlief schleppend. Anfangs hatte er gar nicht verstanden, was Sache ist. „Herr Menke, Ihr Chef ist tot“, hatte Kai Ender gesagt, „seit gestern schon!“ Als sich Dirk Menke zierte und wand und sagte, er verstehe das alles nicht, er habe ihn doch erst am Mittwoch noch gesehen und vorgestern und am Tag davor, und er habe noch telefoniert mit ihm am vergangenen Donnerstag und vorgestern einen Termin für übermorgen vereinbart, da platzte dem leitenden Ermittler der Kragen. Er schlug mit der Faust auf den Tisch und er griff, derart durch Unbeholfenheit bedrängt, zu Tiefkühl-Slang: „Ihr Chef wurde kaltgemacht, Herr Menke! Nun tun Sie doch nicht so überrascht!“ Er zeigte ihm dazu den Zettel mit den zwei Namen aus dem Eisschrank von Eduard Kemp: „Menke! Struwe!“

Was folgte, war eisige Stille. Der muskulöse Protz vor ihm, der seit über zehn Jahren Warengruppen von Tiefkühlgemüse bis zu Desserts betreute, wirkte wie gefrostet. Als er nach Sekunden des Schweigens wieder zu sprechen begann, da klang das holprig und heiser und gerade so, als würde man mit einem Löffel über gefrorenen Spinat kratzen: „Das ist die Schrift von Herrn Kemp. Vielleicht wollte er sich etwas merken. Gestern war ich in Vertretung von Herrn Kemp bei einem Unternehmertreffen." Dirk Menke räusperte sich und benannte dann, so ungefragt wie monoton, einige Namen von Unternehmern, die dabei waren beziehungsweise dazugehörten. Kai Ender notierte sich die Namen.

Die Auflistung war eine Art „Best of" der Firmenchefs aus der Stadt und dem nahen Umland. Anders gesagt: Mit den Produkten der Damen und Herren ließe sich problemlos ein regionaler Präsentkorb füllen, den beispielsweise kluge Geschäftsführer der örtlichen Seniorenstifte den entfernt lebenden Angehörigen ihrer Heimbewohner empfehlen könnten. Hübsch eingebunden etwa in eine Marketingaktion mit dem Slogan „Körbchen buchen statt besuchen!"

Unter den Namen, die Dirk Menke genannt hatte, war auch der Geschäftsführer der Blütengrund GmbH, den Kai Ender über seine Mutter kannte. Es waren darunter auch Herr Lind, der Inhaber der größten regionalen Schinkenräucherei, Herr Engels von der Spicy-Engels Gewürze-Gruppe oder auch Frau Briller, die vor einigen Jahren den Lesezirkel ihres Mannes übernommen hatte, nachdem dieser auf nie geklärte Weise unter einem umgestürzten Aktenregal zu Tode gekommen war. *„Lesen bildet – aber nicht alles Gute kommt von oben"* hatte sich Kai Ender, damals noch einige Dienstgrade weiter unten, einfallen lassen. Er erinnerte sich sehr gut daran. Aber das nur nebenbei. „Es war", betonte Dirk Menke, „am Vorabend auch der Chef von Lank Backmaschinen für Bäckereien darunter und Herr Röster, der Seniorchef des gleichnamigen Bauunternehmens."

Gefragt nach den Themen des Abends zögerte Dirk Menke, stotterte etwas von „Ich bin erst später hinzugekommen“ und „Ich habe kein Protokoll gesehen“. Sie hätten über Sponsoring und Ausbildung gesprochen, darüber, dass die Wirtschaftskrise vorbei sei. Für Kai Ender war die Aussagekraft gleich null. Er wusste nur allzu gut, dass dies die Themen waren, die andernorts einem Gespräch über das Wetter gleichkamen.

Für Kai Ender stand nach dem Gespräch mit Dirk Menke vor allem eines fest: Egal, was die Ermittlungen ergäben – Erhard Lank, den Geschäftsführer der Backmaschinen für Bäckereien-Fabrik würde er in jedem Fall einen Besuch abstatten wollen. Schon als kleiner Junge hatte er davon geträumt, den Betrieb mit den spektakulär großen Rührschüsseln zu besichtigen, die in alle Welt ausgeliefert wurden. Außer bei einer Fahndung nach illegalen Beschäftigten aber war er niemals dort gewesen. Der Betrieb gab sich in der Öffentlichkeit so geheimnisvoll wie die Zutaten einer Rumkugel.

Für Dirk Menke stand nach dem Gespräch mit dem Polizeikommissar auch etwas fest. Nämlich, dass er mit den bisherigen Entwicklungen zufrieden sein konnte. In seinem Büro, einige Räume weiter, befand sich zu diesem Zeitpunkt Material, das er in der vergangenen Nacht aus dem Büro seines Chefs mitgenommen hatte. Was er tags zuvor dort gesehen hatte, war zweifellos ein schrecklicher Anblick gewesen, die Situation unerwartet. Letztlich aber war es eine Chance, die ergriffen werden wollte. Er war nicht im Detail darauf vorbereitet gewesen, vor allem nicht auf die hässlichen Umstände. Den Besuch der Polizei hatte er erwartet. Und selbst wenn der Polizist von eben, der ein wenig wie ein Tennistrainer auf ihn gewirkt hatte, ihn noch einmal in die Mangel nehmen würde: Nach Spuren würde er bei ihm vergeblich suchen!

Sibylle Alt schloss die Tür zu ihrer Wohnung auf, deren Mobiliar man mit Fug und Recht als gediegen bezeichnen konnte. Vieles davon war gemeinsam mit ihr in die Jahre gekommen. So die plüschigen Lampenschirme rechts und links ihrer Couchgarnitur. Im Neuzustand waren sie einst knallig pink gewesen, mittlerweile aber in ein vornehmes Altrosé verblasst. Eine ähnliche Entwicklung hatten die üppigen Holzmöbel genommen, deren merkwürdig verzierten Kanten und blumigen Intarsienarbeiten früher hippiemäßig gewirkt haben mögen, die nun aber den rustikalen Charme besserer Ferienwohnungen im Harz aufwiesen. Ganz zu schweigen von den wuchtigen Sesseln, von denen einer noch eine dieser labberigen Zeitungstaschen über die Lehnen geschwungen hatte, wie man sie jetzt höchstens noch bei Ebay ersteigern konnte. Sie stammten aus der Zeit, als Sibylle Alt noch wöchentlich all die Blätter ins Haus geliefert bekam, in denen sie sich die Welt der schönen und reichen Menschen ansehen konnte.

Insgeheim hatte sie sich erhofft, einmal so zu werden wie diese: Makellos. Tadellos. Alterslos. Über mehrere Jahre hatte sie etwa sechs Zeitschriften abonniert, auf denen ganz vorn oftmals Prinz William zu sehen war, aber auch Königin Beatrix oder Boris Becker samt jeweiliger Lebensabschnittsgefährtin. Angeliefert wurden die goldenen und anderen Blätter in einem schlichten, matten Pappumschlag der Briller GmbH. Auf jedem Einzelnen stand vorne der Slogan „Briller – das will ER! (Und SIE auch)“. Ein gestolperter halber Reim, bei dem die Großbuchstaben damals in romantisch verschnörkelten Lettern dastanden.

Manchmal, wenn wieder eine neue Lieferung eingetroffen war, fragte sich Sibylle Alt, ob der Lesezirkel Briller vielleicht auch anzügliche, wenn nicht gar Sexhefte in Umlauf brachte. Ob nicht vielleicht auch die Clubs in Bahnhofsnähe so etwas wie Wartezimmer hätten und dieses dümmliche „Briller – Das will ER!“ so gesehen vielleicht doch noch einen Sinn ergeben könnte. Gerüchteweise hatte sie davon gehört.

Vor ein paar Jahren hatte sie ihr Abo gekündigt. Weil die Dinge gut liefen. Weil sie nach und nach selbst zu diesen Champagnerpartys eingeladen wurde, von denen sie schon über die Maßen viel gelesen hatte. Und weil sie kaum mehr Zeit hatte, zu blättern und zu Hause zu sein, wenn die Hefte abgeholt und gegen aktuellere ausgetauscht wurden. Es war etwa in der Zeit, als sie über ein Tageszeitungsinserat Eduard Kemp kennengelernt hatte. Viele der Einrichtungsgegenstände, besonders auch den hünenhaften Eisschrank, der einen Großteil ihrer Küche für sich beanspruchte, hatte er für sie organisiert. Alle hatte er ihr bezahlt. So, wie er ihr überhaupt allerhand bezahlte. Oder sollte sie besser sagen, bezahlt *hatte?*

Sie stellte ihre Tasche ab, setzte sich auf die Couch und schlug den *Kurier* auf. Alle Berichte schienen nur ein Thema zu kennen. Sie blätterte sich zu den Todesanzeigen des Mannes durch, dessen Geliebte sie in den vergangenen vier Jahren gewesen war. Des Mannes, der ihr Einladungen zu Poloturnieren und auf Galopprennbahnen verschafft hatte. Den sie bei solchen Anlässen aber stets nur als „flüchtigen Bekannten“ begrüßen durfte. Den sie durchaus einmal geliebt hatte und für den sie eine manchmal aberwitzige

Geheimniskrämerei mitmachte. Wenn sie es sich recht überlegte, so dürfte es niemanden geben, der von ihrer Affäre wusste. Es war ein einsames Glück, und es war ihr ein Trost, dass sie es mit so vielen Prominenten teilte, über deren Partner man niemals öffentlich etwas erfuhr. „Ach“, dachte sie manchmal wehmütig, „was habe ich über den Lesezirkel nicht alles dazugelernt!“

Die Beziehung zu Eduard Kemp war in Ordnung, rein finanziell betrachtet, sogar sehr in Ordnung. Das vermeintliche Glück währte aber nur bis zu dem Tag, an dem sie einen anderen kennenlernte. Er war ähnlich gut situiert und mindestens so angesehen in städtischen und wirtschaftlichen Kreisen wie Eduard Kemp. Er war fast gleich alt wie Eduard, kleiner und dicklicher. Ihre selbstgemachten Trüffel hatte sie ihrem Neuen nur wohldosiert gegeben. Warum sollte sie sich unnötig verdächtig machen?

Als Sibylle Alt an diesem Morgen so dasaß in ihrem Sessel, hatte sie das Gefühl, ganze Arbeit geleistet zu haben. Und das Werk zu vollenden, das war letztlich wesentlich weniger dramatisch gewesen, als sie sich das vorgestellt hatte. Im Grunde hatte sie einfach nur zwei Pralinés präpariert – eines davon aus weißer Schokolade, eines in Zartbitter. Einzeln oder auch zusammen verzehrt, würden sie garantiert tödlich wirken. Beides waren Eduard Kemps Lieblingssorten, und sie wusste ganz genau, dass er nicht würde widerstehen können, wenn sie ihm etwas Süßes mit auf den Weg gab. Niemals.

Die Umstände von Edes Tod, über die sie im *Kurier* las, fand sie allerdings ungewöhnlich. Danach nämlich, das entnahm sie den Zeitungsberichten, hatte Eduard die Trüffel offenbar gar nicht, wie von ihr geplant, zu Hause gegessen. Stattdessen musste er sie mit ins Büro genommen haben. Das allein war schon eine klare Abweichung von ihrem Plan und ungewöhnlich. Noch ungewöhnlicher, wenn nicht sogar kurios war, dass ihr stets auf Contenance bedachter Monsieur Kemp – die reißerischen Artikel beschrieben den Zustand des Toten detailliert – im vergifteten Zustand offenbar so ungeschickt auf seinen Schredder gefallen sein musste, dass eine schier unglaubliche Verkettung von Zufällen stattfand, die einem Sechser im Lotto mit Zusatzzahl gleichkam.

Sibylle Alt malte sich den Ablauf aus. Sie stellte sich vor, wie Eduard erst die Pralinés isst, ihm übel und er dann bewusstlos wird, wie er sich danach mit letzter Kraft auf seinem wuchtigen Bürostuhl zur Seite dreht, wie er nach Luft zu schnappen versuchte und dabei leicht aufgestanden sein musste (denn nur so konnte der baumelnde Krawattenzipfel exakt die Schreddermitte getroffen haben) und wie ihr langjähriger Liebhaber dann punktgenau den Einschaltknopf getroffen und aktiviert haben musste. Das Ganze kam ihr reichlich merkwürdig vor. Aber letztlich war ihr das Prozedere egal, solange das Ergebnis stimmte.

Für sich selbst hoffte sie, unentdeckt zu bleiben. Zugleich hatte sich Sibylle Alt mehrfach ausgemalt, was passieren würde, wenn etwas schiefgehen und eine Spur zu ihr führen sollte. Sie hatte sich damit beruhigt, dass sie mit ihren streng zurückgekämmten Haaren und ihrem Kostüm, der Goldbrosche und ihrer aparten Erscheinung notfalls eine Tatverdächtige abgeben würde, auf die sich die Presse stürzen könnte wie einst auf Ingrid van Bergen, der sie in Sachen Frisur und Modestil ähnelte. Für den Fall, dass wirklich alles auffliegen würde, so dachte sie, wäre ihr zumindest eine prominente Platzierung in den lokalen, voraussichtlich sogar den überregionalen Medien sicher. Es konnte Schlimmeres geben für sie, als auf diese Weise nachträglich doch noch zu einem Teil der Society zu werden, in der Eduard Kemp ihr aus Gründen der Diskretion einen festen Platz stets hartnäckig verweigert hatte.

Es war nicht so, dass Sibylle Alt wirklich glücklich über sein Ableben war. Aber nun, wo Fakten geschaffen waren, fühlte es sich gut an. Sie griff nach einer Zigarettenschachtel, die sie in der Lesemappentasche an ihrer Sessellehne deponierte, lehnte sich zurück. Morgen würde sie nach Mangalore in Indien fliegen und allem hier, idealerweise für immer, den Rücken kehren.

Dass ihre vergifteten Trüffel noch immer unberührt und appetitlich verpackt auf dem geleckten Schreibtisch von Eduard Kemp lagen, auf diese Idee war sie bislang überhaupt noch nicht gekommen.

Kai Ender liebte es, mittags in die kleine Sushi-Bar zu gehen, in der die Verkäuferin so japanisch aussah wie die Comicfrau auf der Dose mit den Wasabinüssen, die er sich dort manchmal kaufte. Er traf sich im *Uka Titsu* gern mit Hank, seinem Freund von der örtlichen Wirtschaftsförderung. Mit niemand anderem als mit Hank konnte er abends besser um die Häuser ziehen, während andere in seinem Alter den zweiten Anlauf nahmen, die Kinder ins Bett zu bringen. Nur mit Hank ging er sogar in solche Lokale, in denen die Leute zu später Stunde noch Anzug trugen und eine abgebundene Krawatte fast so lässig wirkte wie Popeyes Anker-Tatoo.

Kai Enders Freizeitkleidung hatte noch wirkliche Gebrauchsspuren, manche Jeans ein echtes und nicht ein vom Designer geschnipseltes Loch. Er fiel damit zwar immer ein wenig auf, aber letztlich war er so etwas wie der goldene Schnitt der Restaurants: zu einem Drittel dazugehörig, zu zwei Dritteln exotisch. So einer war in den Lokalen, in die Hank ging, gern gesehen, denn man konnte über ihn reden. Oder mit ihm. Wenn Hank ihn seinen Bekannten, überwiegend aus dem wirtschaftlichen Dunstkreis, vorstellte, dann sagte er manchmal: „Das ist Kai. Kai arbeitet in der Sicherheitsbranche." Nur ganz selten fragte dann jemand nach, weil alle wussten, so toll wäre das wohl nicht, sonst hätten sie seinen Namen sicher schon gehört. Bei diesen kleinen Neugründungen waren sie zurückhaltend, wollten lieber gar nicht so genau wissen, wer sich aus welchem Grund womit selbständig gemacht hatte. Da reichte es vollkommen aus, wenn Kai sozusagen als Mitbringsel am Tisch saß und sich nicht allzu auffällig verhielt.

Manche von Hanks Freunden wussten aber, dass Kai bei der Polizei war, weil sie sich hier und da schon „beruflich“ begegnet waren. Wenn sie ihn zusammen mit Hank wiedersahen, gaben sich beide Seiten neutral. Es war allerdings auch schon zu Überraschungen gekommen. Dann etwa, wenn jemand mit schlechtem Gedächtnis Kai Ender jovial umarmte und auf ein „Mensch, wir kennen uns doch!“ bestand. Kai Ender sagte in solchen Fällen diplomatisch: „Das ist bestimmt eine Verwechselung. Das passiert mir öfter!“ Hartnäckigere und besonders vergessliche Lokalmatadore reagierten darauf empört: „Nun zier' dich nicht so, sag' schon, woher?“ und knufften ihm dabei in die Rippen. Dialoge wie dieser konnten dann recht unglücklich mit der Antwort „vom Termin mit der Steuerfahndung“ enden. Mancher schaute dann verdruckst lächelnd in die Runde, als suche er Verbündete, die er aber nicht fand.

Beeindrucken konnte Kai Ender vor allem, wenn er von seinen sportlichen Erfolgen erzählte. Den Halbmarathon schaffte er in einer Stunde und zwanzig Minuten. Das machte ihm in diesen, oft auffällig wohlgenährten Kreisen so schnell niemand nach. Dafür konnten die meisten von den Jungunternehmern Golf spielen oder hatten ein Boot oder ein Segelflugzeug. Hank kannte viele Leute mit exklusiven Hobbys. Sie gehörten meist zum „JC“, zum örtlichen „Junioren-Club“, den Hank seit einigen Jahren betreute und der etwa die Hälfte seiner Freizeitgestaltung bestimmte. Hank nämlich war andauernd bei irgendwelchen Firmenbesuchen. Er war bei Diskussionsrunden eingeladen und bei Grünkohlgängen, bei Geschäftseröffnungen und politischen Mittagsgesprächen. Um letzteren Punkt beneidete ihn Kai Ender besonders, da Hank stets von exquisiten Speisen berichtete, „wenn die Redner erstmal verdaut waren“.

Hank war bei der Wirtschaftsförderung eigentlich Referent für den Einzelhandel, hatte dort aber schnell Spaß am organisierten Leben mit seinem „JC“ gefunden, den er längst wie selbstverständlich „Tschey-Ci“ aussprach. Zwei Drittel seiner Arbeitswoche kümmerte sich Hank darum, dass „Müllers Wäschetruhe“ und „Bernards Wein- und Essigstübchen“ florierten. Den Rest der Zeit widmete er sich dem „JC“. Er fungierte als ein Animateur im Leben der jungen Unternehmer, war wie ein großer Bruder, dem man vertrauen konnte. Die „JC“-ler mochten Hanks Fürsorge. Sie hatten oft die Firmen ihrer Väter übernommen und häufig an privaten Schulen studiert. Eine gewisse Art der Betreuung war ihnen nicht unangenehm. In ihrer Freizeit trugen Hanks Freunde bevorzugt fliederfarbene oder gelbe Ralph-Lauren-Baumwollpullover mit V-Ausschnitt. Manchen stand das. Dass Mitglieder im Junioren-Club unter 35 Jahre alt sein mussten, war äußerlich nicht immer zu erkennen. In voller Arbeitsmontur, sprich die Herren im Anzug und die Damen mit Kostüm, sahen viele plötzlich so seriös aus wie der junge Roland Kaiser oder Kulenkampffs Assistentinnen bei „Einer wird gewinnen“.

Hank mochte sie sehr. Immer wenn er mit ihnen zusammen war, empfand er ein Gefühl – so hatte er es seinem Freund einmal erklärt – „von Dynamik und Jugend und von etwas bewegen wollen!“ Kai Ender wusste damit nicht so recht etwas anzufangen und hatte manchmal den Eindruck, dass der „JC“ ein besonderes Talent dafür hatte, sich zu amüsieren. Schlussendlich, das musste er zugeben, kamen häufig wohltätige Aktionen dabei heraus. Kai Ender sah die Gesichter von Hanks strahlenden Spendern dann auf den Scheckübergabe-Fotos in der lokalen Zeitung und fragte sich, wie solch ein Zusammenschluss wohl bei Polizisten funktionieren würde.

Hank hatte schon von früh an sehr hart dafür trainiert, dazuzugehören. Der Grund war sein richtiger Name. Seine Eltern hatten ihn nach dem verstorbenen Onkel mütterlicherseits Hans-Karl genannt. Eine Ausgangsposition fürs Leben, um die ihn bereits in den 1970er Jahren niemand beneidete. Klaus oder Stefan, Frank oder Thomas hießen damals die Standardkinder. Schwierigere Fälle René oder Ansgar. Hans-Karl aber, das hatte schon damals etwas von Kegelbrüdern und Vereinswirten, implizierte stets die Frage, wie es den Enkelkindern geht oder die Überlegung, ob nicht mal wieder der Perserteppich ausgeklopft werden müsste. Für Kinder war dieser Name ein Fluch, der Bindestrich darin ein frühes Minuszeichen des Lebens. Hans-Karls Unzufriedenheit erreichte ihren Höhepunkt, wenn seine Eltern ihn abends vom Fußballspielen mit den Nachbarsjungen lautstark zum Abendessen riefen: „Hans-Karl, Abendbrot ist fertig! Hans-Karl!"

Er fühlte sich nicht wohl mit seinem Namen, und er war dankbar, als sein Vater, ein angesehener örtlicher Architekt, einmal einen amerikanischen Gast mitbrachte, der ihn wie selbstverständlich „Hank" nannte. Hans-Karl war damals sechs oder sieben Jahre alt und kannte alle Witzchen zu seinem Namen. Manche Gleichaltrige sagten „Opa Hansi" zu ihm. Dennoch hatte er sich wacker geschlagen und glänzte mit seinen Dribbelkünsten. Ab dem Tag, als der Amerikaner ihn das erste Mal Hank genannt hatte, hatte er jedoch ein für alle Mal beschlossen, sich von Hans-Karl zu verabschieden. Dass er seinen Namen anfangs mit „e“ schrieb statt mit „a“, darüber musste er heute lachen. Seine Eltern reagierten übrigens zunächst irritiert und dachten an einen Psychologen. Wenige Tage später aber schlossen sie sich ihrem kleinen Ex-Hans-Karl an, weil auch sie etwas Niedliches in *Hank* entdecken konnten. Außerdem waren sie so vernünftig, dass ihnen an einem glücklichen Kind mehr gelegen war als an einem toten Erbonkel, dessen Namen sie inzwischen selbst altertümlich fanden. Zu Hause hieß Hank fortan *Hanky,* manchmal auch verniedlichend *Hanky-Panky.* Für Hans-Karl, und dies wiederum besonders an schönen Sommerabenden mit Fußballverabredungen in Rufweite, war Letzteres ein grenzwertiger Kompromiss.

Dass Kai Ender und Hank sich mochten, war kein Automatismus. Kai Ender gehörte als Kind eher zu den Stubenhockern. Er malte gerne und schaute sich mit seiner Schwester, die jetzt als Redakteurin bei einem Kinderbuchverlag arbeitete, die Augsburger Puppenkiste an. Oft saßen sie stundenlang in der Kinderpost, spielten Stempeln und versuchten, die Zacken von Briefmarken zu malen. Kai Ender begeisterte es damals, Indianer zu spielen. Fußball war ihm als kleiner Junge zunächst gleichgültig gewesen, dafür war er lange Jahre überzeugt, eines Tages im Waldstück hinter seinem Elternhaus einen Büffel zu erlegen – mit seinem Holzbeil und mit dem Lasso von seiner Faschingsverkleidung als Cowboy. Die Dinge verschoben sich ein wenig, als in der dritten Klasse einmal ein pausbäckiger Verkehrspolizist in den Schulunterricht kam und sich in seiner grünen Uniform im Kreis drehte. Kai war damals der Einzige, der nicht lachte, sondern große Augen machte, staunte und ab diesem Tag seinen Berufswunsch kannte: Er wollte „Polizei“ werden. Dass er dazu sportlich werden musste, war ein Übel, das er in Kauf nahm und mit dem er sich überraschend gut arrangieren konnte. In Rekordtempo holte er sein Seepferdchen und andere Sportabzeichen nach.

Kais Eltern arbeiteten beide. Sein Vater im Jugendamt und seine Mutter im Vertrieb für eine Biokosmetikfirma, die damals noch – so wie er selbst – in den Kinderschuhen steckte. Es war die Blütengrund GmbH, die Firma, von der ihm am Morgen auch Dirk Menke berichtet hatte. Im Laufe der Jahre kam das Sortiment, das Kai Enders Mutter bewarb, immer mehr in Mode. Heute war die Blütengrund GmbH eine der Topmarken in Reformhäusern und hatte der Stadt zu einem ähnlichen Bekanntheitsgrad verholfen wie das Tiefkühlunternehmen Kuhne & Söhne.

Kai Enders Eltern waren nach der Rente in das familieneigene Ferienhaus am See gezogen, das zwei Autostunden entfernt lag. Das war einige Jahre her, und Kai besuchte sie seitdem alle paar Wochen. Wenn er von dort zurückkehrte, dann jedes Mal mit Cremes und Tiegeln, von denen die meisten streng nach Rosenwasser dufteten. „Nimm die, dann siehst du nicht so blass aus!“, gab ihm seine Mutter mit auf den Weg. Rosenduft fand Kai Ender aber schon als Kind noch schlimmer als den Geruch von dicken Bohnen, bei dem er würgen musste. Kai Enders Mutter hatte die Abneigung ihres Sohnes gegen ihre Seifen und Düfte nie verstanden. Sie hatte ihr Händchen für Kosmetik bis heute bewahrt, veranstaltete immer noch private Werbeveranstaltungen. Jetzt, wo sie die 70 Jahre knapp überschritten hatte, vermarktete sie das Segment *Blütesk – Für die reifere Haut ab 50.*

Indirekt hatten die Blütengrund-Produkte dazu geführt, dass Kai Ender als Kind, das eingeölt wurde und an dem Produkte getestet wurden, immer eine Duftwolke hinter sich herzog. Kinder, die so rochen wie er, kannte er damals keine. Kai Ender war insgesamt ein wenig chaotisch, aber lässig. Seine Haut war faltenfrei, obwohl er die Rosenduftsachen, die ihm seine Mutter mitgab, konsequent Frau Erkner und Frau Winkler aus der Registratur schenkte. Sie hatten ihm am Anfang seiner Polizeikarriere einmal sehr geholfen, in dem sie unter der Hand eine Akte für ihn kopiert hatten. Die beiden Damen waren so etwas wie eine weibliche Ausgabe von Schultze und Schulze aus Tim und Struppi. Hätte man nur ein Wort, um sie zu beschreiben, es hieße: adrett. Frau Erkner und Frau Winkler gehörten sozusagen zum Inventar des Polizeikommissariats. Kai Ender machte jedes Jahr am 1. August ein Foto von den beiden. Der 1. August war seit Menschengedenken der Tag, an dem Frau Erkner und Frau Winkler ihre Einstellung in den Dienst der Polizei feierten – und sie liebten es, wenn sie sich an diesem Tag zusammen auf einem Bild sehen konnten. In diesem Jahr hatte sogar die eine für die andere einen Kalender mit zwölf Bildern aus zwölf Jahren machen lassen. Die meisten Aufnahmen davon stammten von Kai, den sie „Schätzchen" riefen. Die Zwei sahen immer blendend aus. Wohl auch dank Kai Enders verlässlicher Blütengrund-Lieferungen. Einzig auf einem Bild von vor zwei Jahren sahen ihre Gesichter am 1. August rot und pickelig aus, wie bei einer schweren Allergie. Kai Ender hatte die Creme damals seiner Mutter zurückgegeben. Der wiederum waren ähnliche Fälle von anderen Damen aus ihrem Blütesk-Kreis bekannt, aber ihrer Anfrage nach Ursachenforschung war von der Blütengrund GmbH nicht nachgegangen worden. Es war das einzige Mal, dass Kai Enders Mutter schlecht über ihren Arbeitgeber sprach und sich hinreißen ließ, ihn „Höllenschlund" zu nennen. Nachdem ihr das Unternehmen wenige Tage später eine kleine Zusatzprämie zahlte, wurde der Vorfall merkwürdiger Hautausschläge nie wieder erwähnt.

Im *Uka Titsu* saßen Kai und Hank vor Tellern mit Nilgiris und Makis. „Was sagst du zum Kemp? Üble Sache, oder?", fragte Hank, und dabei versuchte er die Geräusche eines Schredders nachzumachen, was klang, als würde er eine Gabelladung Spaghetti einschlürfen. „Ich hab' mich richtig erschrocken, als ich die Zeitung aufschlug", sagte Hank und versuchte mit dem Stäbchen ein Stück Lachs zu bändigen. „Ist mein Fall", antwortete Kai Ender, der nun auf ein Stück rohen Thunfisch stierte, das irgendwie nasenförmig aussah. Er schob es beiseite. „Kanntest du den Kemp?" „Ich war nur einmal bei ihm zum Gespräch. Hatte keinen so guten Ruf bei uns im Haus. Meine Kollegin war kürzlich dort. Zweimal ist der wohl ausgetickt, hat seine Sekretärin angeschrien und dann irgendwas vom Tisch gefegt vor Wut. Eine Vase oder irgendwas aus Glas. Ziemlich extremer Typ." Vom Nebentisch schaute jemand herüber, da Hank, was er sagte, gern mit großen Gesten untermalte und fast die Flasche mit

Sojasauce umgekippt hätte. „Ich habe aber gehört, dass die Tiefkühlbranche boomt. Aus Existenznot kann er sich jedenfalls nicht geschreddert haben."

„Selbstmord war das nicht", sagte Kai Ender, „da hat jemand nachgeholfen. Jemand hat den Kemp heruntergedrückt. Er hat Hämatome am Rücken, und die Fasern an seinem Sacko sind auch beschädigt. Du musst mir versprechen, das noch nicht weiterzusagen, Hank. Wir geben das erst heute Nachmittag an die Presse raus. Wie der über dem Schredder lag – ich sag dir, schön sah das nicht aus!"

Hank hatte die Stäbchen zur Seite gelegt. Er schaute Kai Ender an, während der, immer noch appetitlos, ein Maki hin und her rollte. Als Kai Ender hoch sah, wirkte Hank blässlich. „Alles in Ordnung?" Keine Antwort. „War der Fisch schlecht?" Hank trank einen großen Schluck von seiner Cola und flüsterte: „Ich hab' gestern morgen im Büro zufällig gehört, wie mein Chef telefonierte. Der sagte die ganze Zeit so etwas von *‚Wir müssen jetzt alle vorsichtig sein!'* Da war auch noch was mit *‚Lass uns abwarten'*, und dass die Dinge gehörig aus dem Ruder laufen würden. So in der Art jedenfalls." Hank sah Kai an und meinte, dass sei alles sehr sonderbar gewesen, wie oft Kemps Name gefallen sei. „Kai, ich sag' dir, da stimmt was überhaupt nicht mit dem Rintel, der war auch völlig durch den Wind heute Morgen, der Pedant vergisst sonst nie, seine Bürotür beim Telefonieren zuzumachen!"

Hermann Rintel stand an der Spitze der örtlichen Wirtschaftsförderung und war damit auch Hanks oberster Chef. Seit Menschengedenken hatte Hermann Rintel diese Aufgabe inne, war trotz seiner 1,65 Meter eine honorige und wuchtige Erscheinung. Phasenweise, besonders beim Besuch von Politikern und ausländischen Delegationen, war er so präsent, dass man meinen konnte, es gäbe Klone oder mindestens doch gut gemachte lebensgroße Pappaufsteller von ihm, die mit auf Pressefotos geschoben würden. Man sah Hermann Rintel dann auf Zeitungsfotos von Service-Club-Scheckübergaben, auf Bildern von Jahresempfängen, wahlweise am Rednerpult oder am Weinglas. Würde man die Pressebilder sammeln und ausschneiden, so könnte man mit etwas Geschicklichkeit und gutem Willen nach einigen Wochen ein dickes Daumenkino daraus basteln, auf dem die Wirtschaftsgröße Rintel immer gleichbleibend in der Mitte stehen würde. Beim Durchblättern des Daumenkinos würden Rintels Augenbrauen, Arme und Mundwinkel ein wenig flirren und zucken. Gerade so, als würde Rintel sich ein wenig schütteln. Die Personen drumherum wären im Schnelldurchlauf gar nicht zu erkennen.

Hermann Rintel gehörte fraglos zu den Wirtschaftsgrößen der Stadt. Er kannte alles und jeden und wirkte dabei doch immer ein wenig steif und betulich. Hank hatte einmal gesagt, dass Hermann Rintel in seinem Junioren-Club *verehrt* werde und dass keiner der Junioren-Club-Vorträge im Jahr so gut besucht sei wie die Jahresgespräche, auf denen Hermann Rintel bevorzugt über Standorterfolge und demografischen Wandel sprach und nebenbei gefühlte 150 Namen von Personen fallen ließ, mit denen er sich genau zu diesen Fachthemen gerade erst ausgetauscht habe. „Bei anderen hätte jeder gedacht, was für ein Angeber“, hatte Hank gesagt. Hermann Rintel hingegen traute jeder „JC“-ler die Omnipräsenz zu.

Für manche aus dem Junioren-Club war ein Smalltalk mit ihm gar eine Sache, die sie planvoll in ihre Marketingaktivitäten einbanden, für Anzeigen nutzten oder über die sie auf ihrer Homepage schrieben. Immer wurde deshalb bei den „JC"-Terminen mit Hermann Rintel ein Fotograf bestellt, der dann dezent jeden einzelnen Junioren-Club-Smalltalker mit der Ikone städtischer Wirtschaftsförderung ablichtete. Jeder kannte die Fotospielregeln dazu, jeder wusste sie zu nutzen: freundlich dreinblicken, plauschen (am besten über Allgemeinplätze), dann unauffällig den Platz neben Hermann Rintel für den nächsten „JC"-ler freimachen. Manche seiner Junioren, so vermutete Hank, hatten die Zeremonie bestimmt zu Hause mit ihren Ehefrauen einstudiert, hatten geprobt, wie sie sich bei einem Fototermin mit Hermann Rintel wohl beim Handschlag am Vorteilhaftesten eindrehen konnten: Immer schön seitlich hinstellen, das macht eine schlanke Silhouette. Immer schön lächeln, das wirkt vertraut. Die Auftritte von Hermann Rintel hatten etwas von Götzenverehrung. Mindestens aber von einem *meet & greet,* wie man es in dieser Form häufig bei Preisausschreiben von Heavy-Metal-Zeitschriften gewinnen kann.

Kai Ender und Hank flüsterten, als sie sich im *Uka Titsu* über Hermann Rintel unterhielten. Kai Ender riet seinem Kumpel, ruhig zu bleiben. Er würde sich am Abend bei ihm melden, vielleicht könnten sie sich dann auf ein Bier bei ihm zu Hause treffen. Bis dahin solle er weiter die Augen aufhalten und sich bloß nicht verplappern wegen des Mordes.

Als Kai Ender nach dem Essen ins Kommissariat zurückkehrte, herrschte noch schlechtere Stimmung als am Morgen. Mordfälle kamen vor, waren aber selten und wenn, dann sorgten sie für Überstunden und Hektik. Jeder dort wusste das und trug, willentlich oder nicht, seinen Teil zum Stimmungsdesaster bei. Das Team um Kai Ender traf sich gegen drei Uhr am Nachmittag. Die Ergebnisse der Obduktion lagen vor, aber die Presse war noch nicht offiziell informiert worden.

Seit gestern, direkt nach dem Einsatz, klingelte sie Sturm, hatte immer wieder nach den Herstellerdaten des Schredders gefragt, und der *Kurier*, eine klassische Adresse für Jugendliche mit dem Berufswunsch *„Irgendwas mit Medien“*, hatte einen Satz Praktikanten in die regionalen Büromärkte entsandt, um zu klären, was Sache war. Unter dem Titel „Tödliche Gefahr am Arbeitsplatz“ hatten sie einen Text verzapft, der den Eindruck erweckte, dass selbst Billigschredder mit Handkurbel in etwa so riskant in der Haltung seien wie wild gewordene Kampfhunde: Marktleiter Sigmar Funke („Sit Down“, Eschstraße) steht die Angst ins Gesicht geschrieben: *„Wir haben alle Hebel in Bewegung gesetzt und unsere Zulieferer informiert. Bei uns geht kein Papierschredder mehr raus, bevor die Sache nicht lupenrein geklärt ist!“*

Eine Kollegin von Kai Ender rollte eine Pinnwand in den Gruppenraum, auf der sie verschiedene aktuelle Presseartikel gepiekst hatte. Auf vier Fotos war Hermann Rintel zu sehen, der von einer „großen Tragödie für die regionale Wirtschaft“ sprach oder wahlweise „von einer nicht zu ersetzenden unternehmerischen Größe“. Der Verlust dieses

„nachhaltig und effizient wirtschaftenden Traditionsunternehmers“ wiege schwer, „gerade in Zeiten wie diesen“. Dazu gab es jeweils ein Archivbild, auf dem Hermann Rintel Eduard Kemp die Hand schüttelte, während beide je einen ihrer Füße auf einen Spaten gestellt hatten und verkniffen in die Kamera lächelten, als wären sie im Moment danach rücklings umgefallen. Das Bild dieses Balanceaktes war gemacht worden, als sie gemeinsam ein Gewerbegebiet eingeweiht hatten, in dem Kemp expandieren wollte. Noch ein anderes Bild, es stand im *Regionalanzeiger,* zeigte, wie Rintel und Kemp vor einigen Monaten gemeinsam eine blaue Scherpe durchschnitten. Anlass dazu war die Eröffnung des „Eduard-Kemp-Platzes“, eines Verkehrskreisels mit drei Ausfahrten, in einem nördlichen Außenbezirk gewesen. Eine Aktion nicht ohne Häme, denn innerhalb weniger Tage hatten die Bewohner der Stadt den Platz in den „Kempingplatz“ umbenannt. Grund dafür war ein angrenzender, etwas schmuddeliger Parkplatz für Wohnmobile. Man munkelte, es hätte damals längere Zeit Funkstille geherrscht zwischen Rintel und Kemp. Ohnehin schien die ganze Aktion unter keinem guten Stern zu stehen. So wollten etwa die baulichen Arbeiten an diesem Platz einfach kein Ende nehmen. Der Juristische Zirkel der Stadt, eine Gruppe pensionierter Richter und ausgedienter Anwälte, hatte das Projekt gegenüber der Lokalzeitung kürzlich wieder einmal „dubioses In-sich-Geschäft“ genannt und darauf angespielt, dass der Chef der Baufirma Röster, dem eine Nähe zur Wirtschaftsförderung nachgesagt wurde, fast in monatlichen Abständen eigenständig die Inselfläche des Kreisels aufbrach und daran arbeitete.

Offiziell hieß es, es gebe Probleme mit der Kanalisation, man könne den Fehler nicht finden.

Bei der Sitzung im Gruppenraum der Polizei wurden die weiteren Aufgaben verteilt. Ender kündigte an, er würde sich einige Unternehmer vornehmen, von denen ihm Menke erzählt hatte. Auch wolle er mit der Sekretärin aus Eduard Kemps Vorzimmer sprechen, der Dame mit dem roten Kostüm. Zunächst aber werde er an der Pressekonferenz teilnehmen, die in einer Dreiviertelstunde beginne. „Gibt es noch neue Ergebnisse?", fragte er in die Runde. „Wir haben herausgefunden, wie der Täter in das Gebäude gekommen sein könnte", sagte eine Kollegin. „Es gibt im Haus einen Hintereingang, der durch Kemps Büro zu erreichen ist." „Wie muss ich mir den vorstellen?", fragte Kai Ender schnippisch, „wie im Spiel *Das lustige Labyrinth?* Das Büro liegt in der ersten Etage, wenn ich mich richtig erinnere, Frau Kollegin. Außer einer Schrankbar war da nichts zu sehen." Es gab Gelächter. Frau Kollegin lief rot an. Vor Wut. „Dann gehe ich also recht in der Annahme, dass Sie die Tür in Kemps Zimmer gar nicht bemerkt haben?", fragte sie ebenso schnippisch zurück. Kai Ender zögerte. Weil ihm nichts Besseres einfiel, sagte er: „Wir sind hier doch nicht bei Robert Lembke! Erklären Sie schon." – „Der Hintereingang befindet sich in der rechten Seite des Schrankes. Um es anders zu sagen: Die rechte Seite beinhaltet eine Hausbar mit Gläsern und Alkohol und einem Eisfach. Die Hausbar ist aber zugleich ein Regal, das vor einer normalen Tür steht. Solche architektonischen Details sind selten, aber nicht unüblich." Die Kollegin sagte ein paar Dinge, dass Alkohol eben blende, schaute dabei Kai Ender an, und dass eben dieser Effekt wohl gewollt gewesen sei. Niemand, der nicht ganz genau hinsah, würde Besonderheiten bemerken können. Vorteil der Schrankbar wäre der direkte Übergang zum Not-Treppenhaus, das nie gebraucht würde.

„Während alle anderen Türen überwacht und verschlossen waren, konnte Kemp hier unbeobachtet nach draußen gelangen. Nur einige enge Mitarbeiter wussten von der Option“, sagte die Polizistin. Das habe ihr der Leiter der Finanzabteilung gesagt, „ein Herr Uwe Struwe, Dr. Uwe Struwe“. Kai Ender wusste, um wen es ging. „Auch die Sekretärin des Toten kannte den Durchgang. Alle Personen, die für die Tür einen Schlüssel hatten, mussten nicht nur dafür unterschreiben. Sie mussten auch versichern, den Weg nur in eine Richtung zu nutzen: Nach draußen nämlich! Das Haus über die Tür nach innen zu betreten, das war ein Privileg, das Kemp ganz für sich allein beanspruchte. Die Sekretärin hat mir eine Liste organisiert, auf der die Namen derjenigen stehen, die Schlüssel besitzen. Aus dem Hause wusste außer ihr nur der Personalleiter, der bis Ende des Monats im Urlaub auf Zypern sei, von der spanischen Barwand. Und dann noch der Finanzleiter. Bei dem kann sich wohl jeder hier vorstellen, wie attraktiv der so einen Notausgang fand, um brisante Sachen in Sicherheit zu bringen.“ Kai Ender schaute nun versöhnlich, und seine Kollegin hatte jetzt die Lacher auf ihrer Seite. „Und“, ergänzte sie zum Abschluss, „Dirk Menke wusste ebenfalls von der Tür.“ Bei diesem Namen bekam Kai Ender spitze Ohren. Er hatte jetzt einen ersten Kreis von möglichen Tatverdächtigen.

Bis zur Pressekonferenz blieben Kai Ender noch einige Minuten Zeit. Zurück an seinem Schreibtisch, schrieb er auf seiner Papierkalender-Schreibtischunterlage herum und malte einen Kreis und ein Kreuz, das für Eduard Kemp stand. Er zeichnete drei Pfeile von dort aus in verschiedene Richtungen, wusste aber nicht wirklich, was er ans Ende der Pfeile schreiben sollte. Noch nicht. Er schrieb an den ersten Pfeil „intern", was bei ihm für firmenintern und damit für einen Kreis von Verdächtigen aus dem direkten Berufsumfeld stand. Die Namenstrilogie dazu lautete Angelika Olm, Dirk Menke, Dr. Uwe Struwe. Unter den Pfeil in der Mitte notierte er „Unternehmer", schrieb einige der Namen hinzu, die Dirk Menke ihm genannt hatte. Der dritte Pfeil schließlich führte zur Wirtschaftsförderung. „Rintel" schrieb er darunter, strichelte die Linie weiter, ergänzte „Hank", der seine Informationsquelle von dort war. Die Erkenntnis, dass sich theoretisch auch jemand statt über den Haupteingang über eine versteckte Tür Zugang zum Büro des Opfers verschafft haben könnte, sagte Kai Ender zu, machte ihm die Arbeit aber nicht einfacher.

Auf Pressekonferenzen hatte Kai Ender wenig Lust. Sie waren anstrengend, weil die Pressevertreter meist kaum Ahnung von der Arbeit der Ermittlungen hatten. Sie wussten einfach nicht, wie wichtig es sein konnte, Ermittlungsergebnisse erst einmal für sich zu behalten. Außerdem war es schwierig zu vermitteln, dass die Fragen der Polizei manchmal andere waren als die einer 75-jährigen *Kurier*-Abonnentin, die in erster Linie wissen wollte, ob ihr der freundliche Tiefkühlfahrer auch weiterhin ihren Kuhne & Söhne-Rollbraten bringen würde. Vielleicht würde ihn einer der Journalisten sogar nach Rezeptideen fragen *(„Polizei empfiehlt: Kaufen Sie gerade jetzt verstärkt Produkte von Kuhne & Söhne, um den Produktionsstandort nicht zu gefährden. Ermittler Kai Ender rät zu Frühlingsgemüse und Grünkohl. Zum Nachtisch isst er gerne Apfelstrudel, wie er gestern auf der Pressekonferenz anlässlich des Mordes an Geschäftsführer Eduard Kemp sagte").* Allein der Gedanke an die nächste Stunde löste bei ihm Unbehagen aus. Er war gestresst.

Neben vier Redakteuren von Tageszeitungen und Anzeigenblättern, die von fünf Praktikanten begleitet wurden, waren zwei Hörfunkvertreter und das TV-Team eines frisch eröffneten örtlichen Senders anwesend. Kai Ender hatte schon von deren Unprofessionalität gehört. Hartnäckig hielt sich auch das Gerücht, gesendet würde später ohne Ton und mit Musikschleife, weil die Technik derzeit noch nicht fertig installiert sei. Wirklich überprüft hatte das niemand, aber es erschien im Bereich des Möglichen, war es doch so, dass der Mann mit der tragbaren Kamera ihn zur Begrüßung derart mit dem unterstützenden Scheinwerfer blendete, dass er sich die Hand vor die Augen halten und einen unschönen Fluch ausstoßen musste. Irgendwer im Raum lachte. Der Kameramann entschuldigte sich bei ihm und stellte sich seitlich auf. Dass er dabei fast über die mitgebrachte TV-Volontärin stolperte, war zu erwarten gewesen.

Die Fragen, die ihm die Journalisten stellten, bezogen sich vor allem auf die Todesursache von Eduard Kemp und darauf, ob es schon Verdächtige gebe. Kai Ender verneinte das. Einer aus der Runde, es war der Leiter der Lokalredaktion des *Kurier*, erkundigte sich, ob denn das, er sagte wörtlich „dominante Riechorgan unseres Herrn Kemp" Anteil an dessen Tod gehabt habe. „Nein", antwortete Kai Ender, „das dominante Riechorgan hatte gewiss keinen Anteil daran. Auch dickere und knolligere Exemplare" – hierbei blickte er dem Redakteur für einen Moment schielend in die Gesichtsmitte – „hätten das, was hier geschehen ist, nicht verhindern können." Erst wenn Herr Kemp eine rüsselartige Nase wie das grüne Sams aus der Augsburger Puppenkiste gehabt hätte, ja dann, dann wäre der Tod möglicherweise etwas früher erfolgt und schmerzhafter gewesen, sagte Kai Ender. Nachdem er dem Lokalchef erklärt hatte, was die Augsburger Puppenkiste war, sagte er: „Herr Kemp ist nicht an seiner Gesichtsverletzung gestorben. Er ist erstickt, weil ihm jemand ins Genick gefasst hat und sich seine Krawatte zugezogen hat."

Der Redakteur fasste sich darauf an seinen Hals, durfte aber unbesorgt sein, denn seine Krawatte saß so locker, wie es für die schreibende Zunft üblich ist, bei der Sakkos und Krawatten nach der Rückkehr in die Redaktion, ähnlich wie in einem Kostümverleih, meist gleich wieder an den Kleiderhaken gehängt werden.

Hinterfragt wurde letztlich noch der Todeszeitpunkt. Kai Ender antwortete kurz und ohne Umschweife, dass der Tod von Eduard Kemp vorgestern gegen 22 Uhr eingetreten sein müsse. Gestern Morgen hätte die Vorzimmerdame die Leiche entdeckt. Nachdem die Radiosender noch einige O-Töne aufgenommen hatten, beeilte sich Kai Ender, wieder in sein Büro zurückzukommen. Die Pressekonferenz war nicht so schlimm gewesen wie befürchtet, die Staatsanwaltschaft hatte ihm aber deutlich zu verstehen gegeben, dass man unter Druck stand. Wer immer – und zu fest – die Hand über Eduard Kemp gehalten hat: Er musste ihn finden. Und zwar schnell.

Als Kai Ender zurück in sein Büro kam, sah er durch eine Glasscheibe, dass Eduard Kemps Sekretärin im Nebenzimmer saß. Jemand aus seinem Büro hatte den Termin für ihre Befragung verabredet. Frau Olm war nun in ein tiefes Schwarz gekleidet und umhüllt von einem ihm bekannten Duft. Er tippte auf „Blütesk Patchouli" von Blütengrund – und stellte instinktiv auf eine flachere Atmung um. „Mein Beileid", sagte Kai Ender und wurde sich im nächsten Moment darüber klar, dass dies vielleicht eine Spur zu viel der Anteilnahme gewesen war. Sei es drum. Eduard Kemp schließlich war weder verheiratet, noch hatte er Kinder. Eine Witwe zum Kondolieren gab es nicht. Warum also nicht der Vorzimmerdame das Mitgefühl ausdrücken, die gewiss eine Menge Zeit neben ihm verbracht hatte und nicht weniger Launen hatte ertragen müssen als eine Ehefrau.

Angelika Olm, deren Alter aufgrund ihrer Schminke und Haartönung genauso gut 25 wie 45 Jahre sein konnte, nestelte an einem Taschentuch und tupfte hier und da am Auge herum, wie aus Rührung. Sie wirkte dennoch gefasst, sogar irgendwie streng. „Ich sollte mich bei Ihnen melden. Hier bin ich", war ihr erster Satz. Kai Ender war etwas irritiert, stellte dann die üblichen Fragen – nach Besonderheiten und Auffälligkeiten, nach Terminen und aktuellen Anliegen, nach Feinden und Konkurrenten, nach dem Hintereingang durch die Schrankbar. Was sich ergab, war weniger als nichts und der Eindruck, dass Eduard Kemp zu Lebzeiten auch einer der Gegenstände in seinem Büro hätte sein können. Angelika Olm jedenfalls schilderte ihn so glatt wie die wuchtige Glaskugel auf seinem Schreibtisch.

Sie beschrieb ihn als zuvorkommenden, ausgeglichenen Mann, der, dies sagte sie wörtlich, „die Zügel in den Händen hielt, während er die anderen für sich galoppieren ließ“. Genauso gut hätte sie sagen können: „Das Arbeitsleben ist kein Ponyhof.“ „Es gab also nichts, dass Ihnen an Ihrem Chef aufgefallen ist, Frau Olm? Bitte überlegen Sie doch noch einmal ganz genau.“ „Nein“, sagte sie, und schüttelte mit dem Kopf, „ich habe wirklich nichts bemerkt. Außer vielleicht, dass er in den vergangenen Jahren stark zugenommen hat. Das lag an den vielen Trüffeln, die er andauernd aß.“ Sie habe deshalb mehrfach mit ihm geschimpft.

Kai Ender fragte zum Schluss noch etwas doppeldeutig, wie sie ihn denn gefunden habe, gestern. Angelika Olm zuckte zusammen, fasste sich und antwortete: „Herr Ender, Herr Kemp war morgens der Erste im Büro und abends der Letzte. Ich habe deshalb auch gestern, wie ich es jeden Tag zu tun pflege, an seine Tür geklopft, um ihm ein Tablett mit einer Kanne Kaffee und einer Tasse zu bringen. Die Tür von Herrn Kemp lehnte gestern wie an jedem anderen Morgen leicht an, und ich stieß sie wie immer mit meinem Knie auf. Ungewöhnlich war allein, dass Herr Kemp nicht zu sehen war.“ Sie hielt inne. „Ich konnte ihn nicht sehen, weil er ja hinter dem Schreibtisch ... – Sie wissen schon!“ Sie sagte wieder einen Moment nichts, schaute auf ihre Hände. „Dann bin ich einige Schritte nach vorn, und als ich das Tablett auf den Tisch stelle, da sehe ich ihn dort liegen. Ich bin um den Schreibtisch herum und habe geschrien. Dann wurde mir schlecht, und ich bin in mein Büro gelaufen.“

Kai Ender dachte einen Moment nach. Zum Abschluss fragte er sie nach der Beziehung zwischen Kemp und seinem Vertriebschef Dirk Menke. „Herr Menke gehörte zu den engeren Vertrauten von Herrn Kemp. Wenn Herr Menke in das Büro von Herrn Kemp kam, dann schlossen sie die Tür, und ich durfte dann keine Telefongespräche mehr durchstellen." Sie habe den Eindruck, sie hätten sich besonders in den vergangenen Jahren intensiver ausgetauscht. Sie könne das aber so genau auch gar nicht sagen – „da bin ich leider nicht die richtige Ansprechpartnerin für Sie, Herr Kommissar", erklärte sie förmlich, verwies ihn an Herrn Menke selbst oder an Herrn Dr. Struwe. Kai Ender bedankte sich bei Angelika Olm, gab ihr seine Karte und sagte sehr *Tatort*-konform, „Sie können mich jederzeit anrufen, wenn Ihnen noch etwas einfällt, das ich wissen sollte."

Ganz geheuer war ihm Angelika Olm nicht, aber ihr Alibi war schon überprüft worden. Sie war bis 22 Uhr in einem Kurs für Patchworkdecken der örtlichen Volkshochschule gewesen, danach in einer angrenzenden Weinstube, in der sie „aber nur eine Limonade getrunken hat", wie eine übereifrige Kollegin für Kai Ender vermerkt hatte.

Angelika Olm hatte bei Kuhne & Söhne ihre Ausbildung gemacht und gehörte zu den wenigen im Unternehmen, die auch den Vater von Eduard Kemp noch gekannt hatten. Erwin Kemp war noch misstrauischer gewesen als sein Sohn. Angelika Olm aber hatte er von Beginn an geschätzt, weil er sie für ziemlich unbedarft und lenkbar gehalten hatte, was sie in jungen Jahren durchaus gewesen war. Artig hatte sie, deren Ausbildung bei Kuhne & Söhne gerade zwei Jahre zurücklag, als man ihr die verantwortungsvolle Stelle offerierte, schon nach wenigen Tagen wie selbstverständlich für Erwin Kemp am Telefon gelogen. Und während der Alte eine Vielzahl von Damenbekanntschaften pflegte, pflegte sie den jeweils dazugehörigen Geburtstags- und Geschenkekalender. Diskret, aber auch mit großer persönlicher Neugier.

Letztere hatte mit den Jahren immer mehr zugenommen und reichte irgendwann so weit, dass sie sich gelegentlich das Haus oder die Wohnung der einen oder anderen Dame angeschaut hatte, mit der Erwin Kemp verkehrte. Sie wollte wissen, wie die Frauen aussahen, von denen ihr damaliger Chef so unverhohlen schwärmte. Es missfiel ihr nämlich massiv, dass Erwin Kemp niemals bemerkte, wie sehr er sie, die täglich von 7 Uhr und nicht selten bis nach 18 Uhr sein Leben organisierte, mit seinen ausufernden Lobtiraden über Frau X und Fräulein Y demütigte. Sie hasste Eduard Kemps Erzählungen vom Wochenende, hasste, wie der Senior damit angab, am Samstag mit der einen auf diesem Ball und am Sonntag mit der anderen auf jenem Ball gewesen zu sein. Es stank Angelika Olm gewaltig, dass ihr Chef die Damen finanziell schadlos hielt. Auf die Spitze trieb er es, wenn er Angelika Olm gelegentlich darum bat, Boutiquentermine zu vereinbaren und doch bitte in den Nobelgeschäften anzukündigen, „es käme da nachher eine Kundin, die mir sehr am Herzen liege und die mit meiner Kreditkarte bezahlen wird“. Bah!

Ein Gutes, das musste sie zugeben, hatte sie von ihm gelernt. Erwin Kemp nämlich war vorsichtig, was die Mitarbeiter seines Hauses anging. Vor Jahren hatte er ihr deshalb den Auftrag erteilt, „alles, jede noch so kleine Kleinigkeit“ für den Fall zu archivieren, dass, so sagte er, „die Dinge einmal außer Kontrolle geraten“. Angelika Olm hatte sich auf diesen Wunsch hin einen „Internen Fehlerordner“ angelegt, den sie mit „IF“ beschriftete und in dem sie fein säuberlich ablegte, was ihr der Chef an kompromittierendem Material über die Angestellten zur Ablage gab. Solches „Material“ konnten Briefe sein, in denen sich jemand im Ton vergriffen hatte. Oder Beschwerden von außerhalb, bei denen Kunden über zu kurze Haltbarkeitsdaten klagten oder die Konsistenz von Produkten bemängelten. Für jede Causa erstellte sie einen Vermerk, heftete die Originaldokumente in dem „Internen Fehlerordner“ ab. Auch bei den Betriebsprüfungen hatte es schon Unklarheiten gegeben. Der alte Kemp war gewohnt, in solchen Fällen die Beteiligten in sein Büro zu bitten, aus dem sie nach fünf, zehn Minuten herauskamen. Meist mit puterrotem Kopf. „Alles geklärt“, sagten sie manchmal zu Frau Olm und lächelten dabei schief, während sie vorsorglich schon mal den „IF“ aus dem Regal hervorzog.

Als Eduard Kemp nach dem plötzlichen Tod seines Vaters Erwin aus dem Ausland zurückkehrte, um die Firma fortzuführen, übernahm er auch Angelika Olm als Chefsekretärin. Als eine der ersten Maßnahmen ließ er sich von ihr die „IF"-Papiere aushändigen, von denen ihm sein Vater erzählt haben musste. All das, was zu diesem Zeitpunkt noch darin enthalten war, war allerdings ziemlich banal und nichtssagend, weil Angelika Olm – wie immer – sorgfältig vorsortiert hatte. Eduard Kemp konnte das nicht wissen. Er konnte auch nicht wissen, dass Angelika Olm es auf den Tod nicht leiden konnte, wenn man sie unterschätzte. Das galt insbesondere für einen Mann wie Eduard Kemp, der offenbar, genau wie zuvor sein Vater, davon ausging, sie würde auch ihm in treuer Ergebenheit dienen.

Er hatte sich geirrt. Viele im Unternehmen hatten sich geirrt. Was sie alle nicht wussten, war, dass Angelika Olm inzwischen eine eigene Sammlung für Namen & Dramen begonnen hatte, mit der sie den gesamten Laden binnen weniger Stunden hochgehen lassen könnte. Dazu hatte sie sich eine lichtstarke kleine Digitalkamera angeschafft, die sie stets bei sich trug, und einen Photoshop-Crashkurs der Familienbildungsstätte besucht, damit sie aus den manchmal etwas rasch geknipsten Aufnahmen aus dem Betrieb später das Optimum herausholen konnte. Kernstück ihrer Sammlung von Dateien und Papieren war ein Ordner, den sie „K.O." nannte, was für „Kemp-Ordner" stand. Das war zwar nicht allzu originell, aber der Inhalt reihte so ziemlich alles auf, was ihr früherer und ihr aktueller Chef an Verwicklungen entfesselt hatten. Der Ordner, den sie zu Hause aufbewahrte, war Kernstück ihrer Privatsammlung firmeninterner Mauscheleien. Sie verfügte damit über eine Art Paralleluniversum zum nach außen hin blitzeblanken, traditionsreichen und überaus erfolgreichen Tiefkühlunternehmen Kuhne & Söhne. Verdächtige Datensätze ihres Vorgesetzten zu speichern, auch das setzte sie fort, als sie mit Eduard Kemp einen neuen Chef bekommen hatte. Dass sie Zugriff auf seinen Mail-Account bekam, dafür hatte sie sich mächtig ins Zeug gelegt und mit „dann kann ich ganz in Ruhe alle Spams für Sie vorsortieren" argumentiert.

Als Angelika Olm Eduard Kemp über seinem „Super S 343"-Schredder hatte liegen sehen, hatte sie ein merkwürdig überwältigendes Gefühl überkommen. Sie wusste nicht, ob vor Schreck oder aus Freude. Sie war, als sie das Kaffeetablett auf Kemps Schreibtisch abgestellt hatte, vor Aufregung zur Schrankbar gegangen, hatte sich eine Whiskeyflache geschnappt und sich einen ordentlichen Schluck daraus genehmigt. Sie hatte alles wieder sekretärinnensauber abgeputzt, um keine Spuren zu hinterlassen, und zu sich selbst gesagt: „Glückwunsch, Angie!" Dann hatte sie die Bar geschlossen. Sie war stolz, wollte zunächst noch die Trüffel auf dem Tisch essen, damit niemand den Alkohol riechen könnte. Dann aber ließ sie die Trüffel liegen, die Kemp sicherlich wieder von dieser Sibylle bekommen hatte. In ihrem Büro gurgelte sie die Whiskeyfahne mit Kaffee weg und schlug Alarm. Von dem Getränkemix hatte sich ihr Magen umgedreht, und ihre nächste Anlaufstelle war ihr Papierkorb gewesen.

Über Sibylle Alt hatte Angelika Olm in den vergangenen Jahren annähernd alles herausgefunden, was auch eine Privatdetektei entdeckt haben würde. Wo sie wohnte. Dass sie im Lesezirkel Briller gewesen war. Dass sie allein lebte. Oder auch, dass sie den Auftrag hatte, sich an öffentlichen

Orten von Eduard Kemp fernzuhalten, den sie ansonsten jedoch gern auch mal heimlich und durch die Hintertüre im Unternehmen besuchte. Angelika Olm hatte sich daheim in ihrem „K.O."-Ordner eine eigene Akte zu Sibylle angelegt. An besseren Tagen empfand Angelika Olm so etwas wie Mitleid für sie, denn Sibylle Alt machte alles mit, was Kemp von ihr verlangte, und war ihm doch immer nur bei Bedarf passend. In diesem Punkt nämlich, wie Eduard Kemp seine Geliebte in der Öffentlichkeit versteckte, unterschied sich der Junior deutlich vom Vater. Erwin Kemp hatte nur auf gemäßigte Verschwiegenheit gesetzt. Eduard aber verfolgte komplette Verschwiegenheit, sagte an einem Wintertag gar zu Angelika Olm, die ihm just wieder ein Doppelzimmer und einen Blumenstrauß gebucht hatte: „Ach, Frau Olm, ich brauche die Sträuße, damit ich mich nachts nicht so einsam fühle!" Er schien so naiv zu sein und zu denken, sie wisse von nichts.

Das Merkwürdigste, was Angelika Olm einmal bei ihren Nachforschungen zu Sibylle Alt herausgefunden hatte, stand in Verbindung mit dem Lesezirkel Briller. Das Jahr, in dem der alte Briller tot unter einem umgekippten Regal in seinem Büro gefunden worden war, war auch das Jahr gewesen, in dem Sibylle erstmals den Kontakt zu Kemp aufgenommen hatte. Wie genau beide angebandelt hatten, das wusste Angelika Olm nicht, vermutete aber eine Kontaktanzeige, weil Eduard Kemp sie eine Zeitlang gebeten hatte, ihm den Teil der Wochenendzeitung herauszusuchen, in dem die Messzeiten der örtlichen Kirchen abgedruckt waren. Da Kemp jedoch mehr an guten Wein und an gutes Geld als an den lieben Gott glaubte, war sie der Sache nachgegangen, entdeckte, dass neben den Terminkästen der Kirchen samstäglich die *Er sucht Sie & umgekehrt*-Rubriken standen. Über eine gewisse Zeit, so hatten ihre Ermittlungen ergeben, schien sich Sibylle mit dem alten Briller und Kemp gleichzeitig zu treffen. Natürlich ohne dass die Herren voneinander wussten. Am Abend kurz vor Brillers Tod durch ein herabstürzendes Regal des Lesezirkels hatte sich Angelika Olm aus Langeweile (und weil ihr Patchworkkurs, den sie damals schon besuchte, ausgefallen war), in die Laubenkolonie begeben, in der sich Sibylle Alt und Briller bevorzugt trafen. Es hatte dort eine große Szene gegeben und Handgreiflichkeiten. Der alte Briller hatte gerufen: „Ich fahr jetzt zurück ins Büro. Wenn du mir etwas zu sagen hast, dann weißt du, wo du mich findest!"

Angelika Olm hatte Fotos davon mit der Digitalkamera gemacht, die sie immer griffbereit hatte. Da sie wusste, dass keiner der beiden sie kennen würde, hatte sie aus größerer Entfernung abgedrückt. Das hatte sie auch getan, als Sibylles Auto wenig später bei Briller vorgefahren war, wo auch Angelika Olm bereits gespannt auf eine Fortsetzung wartete. Sie drückte im Laufe der nächsten 20 Minuten erneut auf ihre Kamera. Was sie dort fotografierte, gehörte zu dem Wertvollsten, was ihr „K.O."-Ordner bisher beinhaltete.

Der Tag nach ihrer Privatobservation am Hause Briller war ein Tag wie jeder andere. Abgesehen davon, dass sie schon am frühen Morgen ein Hotel für ihren Chef Eduard Kemp buchen musste. Es war das Hotel, in dem er sich, das wusste sie, bevorzugt mit Sibylle Alt traf. Am Tag darauf las sie in der Zeitung, dass der Chef des größten Lesezirkels der Region auf tragische Weise unter Ordnern und Illustrierten begraben worden sei. Der voraussichtliche Todeszeitpunkt lag nur knapp zehn Minuten nach dem heftigen Streit, den sie beobachtet hatte.

Nach dem Vorfall hatte Angelika Olm damals kurz überlegt, ihr Wissen mit der Polizei zu teilen. Dann aber hatte sie sich aus persönlichen Gründen dafür entschieden, sich nicht als Schnüfflerin bloßzustellen. Sie wollte stattdessen nach ihrer bewährten These vorgehen, die lautete: *„Kenne die Dinge, aber nutze sie nur bei bester Gelegenheit!"* Für sie war dieser Satz eine Art Mantra, und es war ihr egal, dass sie nicht mehr wusste, ob er vom Dalai Lama stammte oder sie ihn von einem Gratiswandkalender übernommen hatte.

Erst in den vergangenen Wochen vor Eduard Kemps Tod hatte sie es für möglich gehalten, dass *so eine beste Gelegenheit* kurz bevorstand. Seit einigen Wochen hatte sie nämlich einige Veränderungen bei Kemp bemerkt. Die Treffen der beiden waren seltener geworden. Buchte sie früher mehrfach im Monat Hotels im Umland für Kemp und Sibylle oder stimmte Einkaufsreisen und Geschäftstermine im Ausland auf die Schäferstündchen ab, so kam dies in den vergangenen Wochen so gut wie gar nicht mehr vor. Den Grund dafür hatte sie herausgefunden, als sie etwas gründlicher recherchierte und bei einem ihrer Spaziergänge vor dem Haus von Sibylle Alt, das zufällig nur einige Straßen entfernt von ihrer eigenen Wohnung lag, erstmals Hermann Rintel in das Haus hatte gehen sehen.

„Rintel, du alter Schwerenöter!", hatte sie damals gedacht und gewusst, dass sich nur deshalb niemand den Mund über den lokalen Medienstar zeriss, weil er so einflussreich war und es nahezu unmöglich erschien, dass jemand derart Beschäftigtes Zeit für Frauenbekanntschaften aufbringen könnte. Hermann Rintel war mit einem Leihwagen bei Sibylle Alt vorgefahren und trug einen Hut, als er ausstieg. Hätte er nicht diese merkwürdige, gedrungene Figur, die Angelika Olm fast täglich auf Pressefotos sah, hätte sie ihn wahrscheinlich gar nicht erkannt.

Ihre Bilanz an diesem Abend lautete, dass Kemp bei Sibylle Alt so gut wie abserviert war, wenngleich Angelika Olm beim besten Willen nicht damit gerechnet hatte, dass Kemp danach fast so schnell so tot sein könnte wie damals sein Vorgänger Briller.

Um halb sieben Uhr am Abend – diese Zeit war ungewöhnlich, war ihm aber angekündigt worden – brachte jemand Dr. Uwe Struwe, den Finanzleiter, zu Kai Ender. Kai Ender bedankte sich freundlich für die Mühe, dass er den Weg zu ihm ins Büro gefunden hatte. Dr. Uwe Struwe war ein sachlicher und, es war nicht zu übersehen, ein bis auf die Naht akkurater Mann, etwa in dem gleichen Alter wie Kai Ender. Sein dunkelblauer Anzug war maßgeschneidert. Er trug Weste, Krawatte und ein grünes Seideneinstecktuch, das Kai Ender an einen Zaubertrick denken ließ. Das erste, was Struwe tat, als er dem Kommissar gegenüber Platz genommen hatte, war, mit dem Finger einen Krümel vom Tisch zu schnippen. Seine Brille saß tief auf der Nase, er sah scharf gerade aus und sagte eindringlich: „Herr Ender, lösen Sie diesen Fall. Der Markt verzeiht uns keine Ausfälle."

In den nächsten zwanzig Minuten folgte – ungefragt – eine Analyse der Ist-Situation, die zugleich eine Shortstory der Firmengeschichte war. In geraffter Fassung klang das so: Gegründet hatte die Firma ein gewisser Herr Engelbert Kuhne in einer Zeit, in der Eisblöcke noch wertvolle Güter waren. Da er keine Kinder hatte, aber den Zusatz „Söhne" im Firmennamen, übergab Engelbert Kuhne die Firma Erwin Kemp, wobei sich Engelbert Kuhne diebisch darüber freute, dass die Monogramme „E.K." auf Stempeln, WC-Handtüchern und dem Wappen am Haupthaus erhalten bleiben konnten. Erwin Kemp baute die Kuhne & Söhne zu einem ausgesprochen soliden Tiefkühlkostunternehmen aus, das seine Waren aus aller Welt bezog und regionale Produkte in Teilen selbst verarbeitete und abpackte, was für die Branche ungewöhnlich war, aber eine ertragreiche, werbewirksame Nische darstellte. Nach dem plötzlichen Tod von Erwin Kemp hatte dessen Sohn Eduard die Firma übernommen, beschäftigte über 170 Mitarbeiter und belieferte bundesweit unter anderem ein Netz von selbständigen Eiswagen, die die Produkte im Straßenverkauf anboten. Wachstum war zu erwarten, denn der Online-Markt stand an der Schwelle, zum Motor des Verkaufs zu werden. Schließlich sagte Dr. Uwe Struwe zu Kai Ender einen Satz, der in dieser Form wohl nur für die Tiefkühlbranche Sinn ergab: „Die Alten und die Singles sind unsere Zukunft!“

Am Mordabend, erklärte er Kai Ender, da sei er wie Dirk Menke auf einem Treffen mit regionalen Unternehmern gewesen: „Herr Menke hat Ihnen die Anwesenden sicherlich schon genannt, Herr … Wie war doch gleich Ihr Name?“

Ähnlich wie schon das Gespräch mit Angelika Olm verlief jedoch auch dieses ohne wirklich neue Erkenntnisse. Kai Ender hatte das geahnt oder jedenfalls nicht damit gerechnet, dass ihm plötzlich offenbart werden würde, dass die Firma hoch verschuldet sei und eine chinesisch-rumänische Mafia seit Wochen nach dem Leben des Chefs trachte. Kai Ender hatte von diesem ersten Gespräch mit dem Finanzleiter erhofft, sich ein besseres Bild von Eduard Kemp machen zu können. Was die unternehmerischen Eckdaten betraf, war sein Wunsch erfüllt worden. Ansonsten blieben die Dinge offen.

Hatte sich Kai Ender Eduard Kemp nach dem ersten Bürobesuch noch wie einen modernen J. R. Ewing vorgestellt, draufgängerisch und zielstrebig, hatte er inzwischen immer stärker das Bild eines soliden Frühstücksdirektors vor Augen, der viel Zeit im Büro verbrachte, Süßes aß und vielleicht am liebsten – ab durch die Minibar – in heißeren Angelegenheiten unterwegs war, als sein Unternehmen sie ihm bieten konnte. Vielleicht lud er sich sogar Teppichluder ein und lagerte gefrorenen Koks in seinem Eisschrank. Kurzum, alles schien Kai Ender immer noch möglich. Auch dass Dr. Uwe Struwe in Wirklichkeit Evil Knievel hieß und Feuerräder an afrikanische Drittstaaten vertickte. Alles, was ihm Dirk Menke, die Sekretärin Angelika Olm und der Finanzleiter über Eduard Kemp erzählt hatten, war banal. „Euch taue ich den Laden schon noch auf!", schwor sich Kai Ender.

Dr. Uwe Struwe wusste, dass er seine Rolle im Polizeigebäude gut gespielt hatte. Er setzte sich lächelnd in seinen BMW, eine hellblaue Sonderausführung, um den ihn viele Kollegen im Betrieb beneideten. Obwohl er nur wenige hundert Meter von der Firma entfernt eine Penthousewohnung besaß und die Edelkarosse so gut wie nie dienstlich benötigte, fuhr er jeden Morgen mit großem Getöse auf dem für ihn reservierten Firmenparkplatz vor. Im Auto stellte er den CD-Spieler an. Für Dr. Uwe Struwe war es der beste Tag seit Jahren. Er war froh, dass er bereits beizeiten Material beiseite geschafft und gerade erst noch mit einem Kollegen ein „gutes Gespräch" geführt hatte. Durch Kemps Tod hatte er Wissen und Gelder in der Hand. Beides könnte sehr wertvoll sein, um noch weiter im Betrieb aufzusteigen. Am besten gefiele es ihm, seine Initialen „U.S." ans Haus zu montieren. Das klänge herrlich amerikanisch und implizierte zugleich auch ein starkes Wir-Gefühl.

Kai Ender war erschöpft, als er nach Hause kam. Während er sich sportliche Sachen anzog und eine Waschmaschine anstellen wollte, hörte er etwas klackern. Es war der USB-Stick aus Kemps Büro. Er hatte ihn wohl in seiner Hose vergessen, weil er sich keine Notiz auf seinen Zettel gemacht hatte. Auch das noch! Kai Ender machte sich einen grünen Tee. Er musste dafür zunächst in der Schublade suchen, dann im Küchenschrank. So richtig kannte er sich immer noch nicht aus, weil er erst vor drei Wochen in das Appartement eingezogen war und erst die Hälfte seiner Kartons ausgepackt war. Seit Wochen trank er deshalb nur aus zwei Kaffeebechern, die er immer wieder abspülte. Er sehnte sich nach dem Geschirr, das ihm seine Eltern im Studium geschenkt hatten und das noch nahezu komplett war. Unglücklicherweise hatte er es in einem letzten Wutrausch seiner Freundin überlassen, die mittlerweile seine Ex-Freundin war und jetzt vermutlich mit ihrem neuen Freund daraus trank oder es zu irgendeiner Polterhochzeit mitgenommen hatte.

Die Sache mit der Freundin hatte er vorerst verdrängt. Ohne Geschirr dazustehen aber war ein massiver Fehler. Er würde, sollte er jemals erneut in eine ähnliche Situation geraten, immer in ausreichender Zahl Teller, Tassen und Besteck einfordern, weil er sich so etwas als Mann einfach nicht so leicht kaufen konnte. Viel einfacher wäre es gewesen, er hätte seiner Ex-Freundin den CD-Player statt des Porzellans gelassen, den sie so unbedingt wollte, um den er aber noch mehr gekämpft hatte als um die Beziehung. Im Nachhinein nun stellte er fest, dass es ein Leichtes gewesen wäre, die Musik neu zu organisieren. So aber könnte es sein, dass er bald etwas aus der Büroküche würde klauen müssen. Müsste er deswegen ein schlechtes Gewissen haben? Nein, denn was dort stand, war sowieso meist irgendwem von seiner Frau mitgegeben worden („Kannst du das nicht bei dir ins Büro stellen, Schatz?").

Sein Tee war fertig, der Rechner hochgefahren. Kai Ender legte den USB-Stick ein, trank einen Schluck. Als er sah, was er sah, sammelte er den Schluck im Mund, machte dicke Backen und spuckte dann eine walartige Fontäne zurück in die Tasse.

Hank hatte den Nachmittag in seinem Büro in der Wirtschaftsförderung damit zugebracht, genauer hinzuhören, als es seine Gewohnheit war. Er war noch einmal zu seiner Kollegin aus dem Energie & Umwelt-Referat gegangen und hatte sich mit ihr über Kemp unterhalten, bei dem sie kürzlich wegen einer Förderanfrage zu Besuch war. Interessant fand er, dass seine Kollegin ganz deutlich das Gefühl hatte, dass die Luft dort gebrannt habe. Sie sagte, Kemp sei in der halben Stunde, in der sie dort war, zweimal angerufen worden und habe gesagt, „Ich kann jetzt nicht darüber sprechen! Ich habe Besuch!", dabei habe er, das hatte sie Kai schon morgens gesagt, mit der Hand eine Glaskugel „auf so einen fetten blauen Flokati geschleudert". Nach den cholerischen Anflügen habe er jedes Mal seine Sekretärin angerufen und zusammengefaltet. „Ich wusste nicht, wohin ich schauen sollte, so unangenehm war mir die Situation", sagte Hanks Kollegin. Sie habe zugesehen, dass sie das Gespräch so schnell wie möglich beenden konnte. Kemp habe ihr noch eine Schale Trüffel angeboten, sie habe anstandshalber einen genommen und sei heilfroh gewesen, die Schlangengrube zu verlassen. Als sie der Sekretärin zugelächelt habe, sei ihr aufgefallen, dass diese die Beleidigungen gewohnt gewesen zu sein schien. Sie habe sich nicht aus der Ruhe bringen lassen und sie höflich, ja fast beschwichtigend verabschiedet mit den Worten: „Cholerisch, aber zu lenken." Dabei habe sie einen weiteren Anruf entgegengenommen. „Rate mal, von wem, Hank?" „Keine Ahnung!", sagte Hank. „Von Hermann Rintel!", sagte die Kollegin. Um was es gegangen war, das wusste sie nicht, da sie nur gehört hatte, dass die Sekretärin fragte: *„Herr Rintel, in welcher Angelegenheit bitte?"* Sie selbst sei dann raus und habe den Termin als Flop verbucht.

Hank hatte am Nachmittag außerdem etwas getan, was er in den gesamten knapp acht Jahren, die er für die Wirtschaftsförderung arbeitete, noch nie getan hatte: Er war, während Hermann Rintel einen Termin bei einer Mitgliederversammlung einer örtlichen Partei samt anschließendem Fototermin hatte, in Rintels Sekretariat marschiert und hatte selbstbewusst gesagt, er benötige für einen Nachruf, den der Junioren-Club auf Eduard Kemp schreiben wolle, einige Informationen. Er habe gehört, Hermann Rintel habe dazu einiges abgelegt, eventuell gar eine eigene Firmenakte. Die nun würde er sich aufgrund der überaus tragischen Ereignisse gern kurz ausleihen wollen – „aber ohne, dass das großes Aufheben gibt, Frau Renzel, denn sicher wollen sonst viele aus dem Haus in die Akten schauen, und eine Wirtschaftsförderung ist ja schließlich keine Auskunftei!"

Die Sekretärin, die Hank mochte und ein wenig anhimmelte, musste kurz in Rintels Büro suchen und kam dann mit einem Ordner heraus, den sie ihm bereitwillig gab. Hank hatte sein Handy so eingestellt, dass es noch im Sekretariat klingelte. Er nahm es aus der Jacke und tat so, als würde eine dringende Angelegenheit warten: „Selbstverständlich kümmere ich mich“, sagte er, und „ich erledige das jetzt sofort, dann haben wir es beide vom Tisch.“ Während er derart in die leere Leitung sprach, sagte er zu Frau Renzel: „Frau Renzel, ich muss gerade kurz in mein Büro, ich komme sofort wieder.“ Er tat gedankenverloren und beschäftigt und nahm Frau Renzel den Ordner Kemp ab. Frau Renzel war etwas überrumpelt und sagte „Herr Kurtze, der Ordner muss hier bleiben“. Hank sprach ins Telefon: „Ja, ja, Herr Müller, ich schaue jetzt sofort in meinen Unterlagen nach!“ Mit der Hand gab er Frau Renzel ein Zeichen, dass mit dem Anrufer nicht zu spaßen sei, indem er die Augenbrauen hochzog und eine Grimasse schnitt. Dann signalisierte er, dass er den Ordner sofort zurückbringen würde, und verließ das Rintel-Vorzimmer.

Was Hank dann tat, sah lustig aus. Hank nämlich rannte. Er rannte los in den Kopierraum im Keller, wo alle möglichen Kollegen alles Mögliche kopierten, weil dort die schnellsten Geräte standen und man sich unbeobachtet fühlte. In einem rasanten Tempo blätterte er die Seiten durch, zog sich Kopien und stürzte dann zurück ins Sekretariat und sagte: „So, jetzt will ich erstmals nachschauen, ob ich etwas zu Kemp finde! Immer diese Hektik, mit der die Leute etwas von einem wollen. Ich musste in drei Minuten eine Präsentation raussuchen.“ Hank atmete noch einmal tief durch. „Frau Renzel, ich hasse es, wenn Anrufer so ungeduldig sind! Aber wem sage ich das! Davon können

Sie hier ja sicher ein Lied singen!" – „Ich hatte schon Angst, Sie kopieren sich etwas, Herr Kurtze", lächelte die Sekretärin, die wusste, dass sie die Unterlagen niemals hätte herausgeben dürfen, sich durch Hanks unerwartete Aufmerksamkeit für ihre Arbeit nun aber ein wenig gebauchpinselt fühlte.

Zurück in seinem Büro schaute sich Hank die Seiten an. Was er sah, war brisant. Er stützte seinen Kopf in die Hände, schaute auf die Uhr und beschloss, sofort zu gehen. Zu Hause kochte er sich einen Kaffee, setzte sich an den Schreibtisch und versuchte, sich einen Reim auf die Zahlenkolonnen zu machen, die einen Bezug zu Indien hatten, und den Texten, die etwas schrieben von Städtepartnerschaft und Austausch, indischen Spezialitäten und – unvermeidlich – Fördergeldern.

Es war inzwischen kurz nach neun Uhr abends. Hank hatte dreimal versucht, Kai Ender zu erreichen, der aber weder ans Telefon noch ans Handy ging. Hank hatte sich ins Auto gesetzt, kam am Haus in der Kastanienstraße an, in der Kai jetzt wohnte. Beim Umzug hatte er geholfen, die Kartons zu tragen und einen Schlafzimmerschrank mehr schlecht als recht zusammengebaut. Andere Freunde hatten sich im Nebenraum in Schwammtechnik versucht. Die Raufaser dort sah danach aus wie mit Batikschals beklebt. Hank klingelte. Als ihm niemand öffnete, ging er ums Haus, sah Kai vertieft vor seinem Rechner sitzen. „Kai, ich bin es, mach auf!" Er musste laut poltern, sein Freund zuckte zusammen und öffnete ihm die Tür. „Hank, was ist los?" „Ich muss dir etwas zeigen. In der Sache Kemp." – „Und ich dir erst!", sagte Kai.

Gemeinsam setzten sie sich vor den PC, und Kai Ender wirkte paralysiert von den Dingen, die er seit vorhin herausgefunden hatte. Als erstes öffnete er eine Fotodatei und warnte seinen Freund „Halt dich fest, und ich hoffe, du hast noch nichts gegessen!“ Hank sah ihn verdutzt an. Als sich die Datei öffnete, wurde Hank, der in diesen Dingen sensibler war als Kai, übel. Er starrte auf das Foto von einem Gefrierpaket, ähnlich einem Eispaket aus dem Tiefkühlregal, von dem der Deckel abgenommen war. Unter einer Schicht von Eiskristall und Dunkelgrünem (vermutlich war es Grünkohl) zeichnete sich ganz deutlich eine rundliche Form ab. Schaute man etwas genauer hin, dann erkannte man die Kontur eines menschlichen Ohrs. Die Datei hatte den Namen „K.O. Ohr“ und ein Datum von vor etwa drei Monaten. Kai Ender öffnete noch zwei weitere Bilddateien, die dasselbe Motiv zeigten, aber aus einer anderen Perspektive aufgenommen worden waren.

Nach einer Schrecksekunde fragte Hank angeekelt: „Woher hast du das, Kai?“ – „Den Stick habe ich im Büro vom Kemp gefunden. Im dicken Teppichboden. Den muss jemand verloren haben. Und ich hatte vergessen, ihn aus der Tasche zu nehmen, weil in dem Moment, als ich ihn aufhob, jemand hereinkam, der da nicht hingehörte. Ich hab den Stick aus Versehen mit nach Hause genommen und vorhin angeschaut. Fällt dir noch was auf, Hank?“ Hank überlegte, wusste nicht so recht, ob er wirklich einen weiteren Blick riskieren wollte. Er schaute hin, erkannte aber nicht viel, außer, dass es sich um eine Verpackung handelte, in der die Tiefkühlfirma nicht nur Gemüse, sondern auch Eissorten abpackte und die er von Zuhause her kannte.

Unter dem Kasten sah man ein Stück Schreibtisch und einen hellen Lichtreflex, den er nicht recht zuordnen konnte, da das Bild zwar scharf und das Ohr überdeutlich unappetitlich, aber ansonsten für ihn wenig aussagekräftig war. Kai Ender, dessen Blick geschult war, erkannte zweierlei. Zum einen war die Schreibtischplatte aus dem gleichen Holz wie in Eduard Kemps Büro. Zum zweiten war der strahlenförmige Lichtschein seiner Meinung nach eindeutig eine Reflexion der Wahrsagerkugel, über die er gestaunt hatte. „Das Bild, und da bin ich mir mehr als sicher, wurde bei Kemp im Büro gemacht", sagte Kai Ender entschlossen.

Dann schob er einige Dateien hin und her und öffnete einen weiteren Ordner, den er auf dem Stick gefunden hatte. Er enthielt Zahlen aus den vergangenen Jahren, aber auch sehr aktuelle Daten, mit denen Kai Ender, der immer schon eine deutliche Abneigung gegen Zahlen allgemein hatte, nicht viel anfangen konnte. Er scrollte die Seiten etwas weiter. Zu sehen waren Diagramme und die Namen einiger indischer Städte. Hank hatte seinen Kopf in seine Hände gestützt. Was hier passierte, war für ihn so aufregend und so real, dass es ihm die Sprache verschlug. Es war die große wilde Welt, von der er ahnte, dass es sie auch hinter der smarten Fassade seines Junioren-Clubs geben könnte, in die ihn aber nie jemand mitgenommen hatte und auch niemals jemand mitnehmen würde. Bei dieser Art von Safaris blieb er außen vor. Ganz egal, wie gut sie sich ansonsten im „Tschey-Ci" verstanden.

Kai holte einen Sambuca aus der Küche, den einzigen Alkohol, mit dem er sich außer Bier in verlässlichen Mengen bevorratete. Er schenkte zwei übervolle Gläser ein, verzichtete auf Kaffeebohnen und Feuerbrimborium und forderte Hank eindringlich auf: „Hier, trink' den, dann fühlst du dich besser!" Hank schüttelte sich ein bisschen, denn er war im Normalfall eher für Wein zu begeistern. Aber dies hier war kein Normalfall. Er kramte in seiner Tasche, zog ebenfalls einen USB-Stick hervor, bat Kai, dessen Inhalt zu öffnen. Auf dem Bildschirm erschienen PDFs, die Hank von den Fotokopien aus Rintels Ordner gemacht hatte. Es handelte sich dabei exakt um die Dateien, die auch auf dem Stick gewesen waren, den Kai Ender im Büro des Mordopfers gefunden hatte.

Kai Ender goss ihnen gleich noch einen Sambuca ein. Hank erzählte, wie er an die Daten gekommen war. Beide mussten darüber grinsen. Was sie vor sich hatten, stammte aus unterschiedlichen Umgebungen. „Es sind die ersten Puzzlestücke, die seit gestern zusammenpassen", sagte Kai, der überrascht war, dass es offensichtlich nähere Verbindungen zwischen Eduard Kemp und Hermann Rintel gab. Das Telefonat, das Hank morgens nach dem Bekanntwerden von Kemps Tod vor Rintels Büro aus mit angehört hatte, fügte sich noch nicht ganz ein, ließ aber auf komplexere Zusammenhänge schließen.

„Wenn du willst, dann baue ich dir weitere Puzzleteile an", sagte Hank und begann, seinem Freund die Tabellen und Zahlen zu erläutern. „Wenn du eine grobe Übersetzung möchtest, dann merk' dir, dass es hier um Geldgeschichten mit Indien geht. Die Wirtschaftsförderung hat da übrigens gerade erst wieder vor ein paar Monaten Fördertöpfe lockergemacht. Die Kontakte nach Mangalore bestehen aber schon deutlich länger. Es war eine Aktion, die von

Beginn an ziemlich umstritten war. Vielleicht erinnerst du dich noch an die Schlagzeilen?“

In der Tat erinnerte sich Kai Ender noch an die Schlagzeilen. Alles andere hätte bedeutet, er müsste im vorvorletzten Jahr über Wochen verreist gewesen sein. Allerorts war damals zu lesen von den viel versprechenden Folgen, die die Globalisierung für seine Stadt haben sollte. Firmen wurden damals angestachelt, in einen Markt zu investieren, in dem Millionen und mehr Menschen allein darauf zu warten schienen, sich von den regionalen Firmen vollverpflegen zu lassen.

Um die Sache nicht zu einseitig zu machen, waren beiderseitige Kooperationen angedacht. Schulklassen sollten Austauschfahrten anbieten (welche Eltern auch immer solche Reisen bezahlen konnten), für die Seniorengruppe in der Weststadt wollte man einen indischen Computerspezialisten mit Greencard engagieren, der rüstigen Rentnern Computerkenntnisse vermitteln sollte. Vertreter naiver Wirtschaftskonzepte hatten angeregt, es könne doch „auch einen Gewürzladen geben im Leerstand an der Rathausallee! Das wäre doch toll! Da ist im Sommer sicherlich viel los, wo doch alle grillen“. Die Sache mit dem Konzept „Indien auf Gegenseitigkeit“ trieb merkwürdige Blüten. Halbwegs realistisch erschien einzig die Idee der Blütengrund GmbH, Rosenblätter und Duftöle genauso gut von dort wie aus anderen asiatischen Staaten importieren zu können.

Während des gesamten Sommerlochs hatten sich die Zeitungen auf das Thema Indien und Mangalore gestürzt, hatten Bürger danach befragt, ob sie eine Partnerschaft mit einer indischen Stadt befürworteten. Die meisten hatten geantwortet, sie könnten sich darunter „jetzt so direkt nichts vorstellen“, aber bei dem Asiaten am Zentralplatz, da würden sie immer gern essen gehen. Der „Asiate“ war allerdings ein Chinarestaurant. Es war also ein ziemlich lustiger Sommer gewesen, in dem sich sogar Politiker aus ihren Ferienorten zu Wort meldeten. „Ich grüße alle *Kurier*-Leser aus der sonnenverwöhnten Toskana. Wir werden uns hier einige Flaschen Wein kaufen, um sie im nächsten Sommer mit nach Mangalore zu nehmen. Wir sind sicher, dort eine Marktlücke zu finden!“, hatte einer aus der CDU geschrieben und darunter seine Kinder kleine Blümchen und bunte Smileys malen lassen. Nach der Sitzungspause hatte sich die politische Spitze erneut zum Thema beraten. Bereits da allerdings wusste niemand mehr so recht, wie die Idee mit Indien eigentlich entstanden war. Kaum jemand erinnerte sich daran, dass sie von Hermann Rintel stammte. Er hatte die Kontakte erstmals auf einer Tourismusmesse aufgetan und sich dann mehrfach nach Mangalore einladen lassen.

Inzwischen hielt sich Hermann Rintel in der Öffentlichkeit bedeckt, wenn die Sprache auf Indien kam. An das allgemeine Tohuwabohu, das es anfänglich gab, erinnerte man sich später im Ort so: Es hieß, die Christdemokraten hätten die „Aktion Indien“ aus einer Spendensammlung von Misereor abgeleitet. Die SPD glaubte, die Grünen hätten das Thema eingebracht, um auf desaströse Arbeitsbedingungen und die Ausbeutung von Kindern aufmerksam zu machen, die Teppiche knüpfen mussten und in den Armutsvierteln herumirrlichterten wie die Gestalten aus dem Film *Slumdog Millionär.* Die SPD hatte dazu kurzfristig ein „Public Viewing mit anschließender Gelegenheit zur Diskussion" im Ratssaal arrangiert. Die Grünen wiederum teilten mit, sie fänden eine kulturelle Vermischung zwischen der eigenen Stadt und Mangalore „im Kern wünschens- und unterstützenswert" – „aber mal ehrlich, den Vorschlag mit Mangalore, den hat gewiss doch Hermann Rintels Steuerberaterin Renate Renkel-Alkerbusch eingebracht".

Renate Renkel-Alkerbusch war dafür bekannt, dass sie, obwohl in der FDP, in ihren Newslettern regelmäßig auf die örtliche Yoga- und Tantraschule hinwies. Der dezente Wink der Grünen darauf hatte damals zu einer Flut von Leserbriefen und dazu geführt, dass der *Kurier* zum Wochenende eine Seite mit Erklärungen zu Kamasutra und Tantra aufgenommen und dafür vermutlich sein Praktikantenkontingent auf Tour geschickt hatte. Kai Ender erinnerte sich gut. „Die Seite bewahren wir auf", hatte seine heutige Ex-Freundin zu ihm gesagt und süffisant hinzugefügt, „kannst gern mal zu so einem Kurs gehen, wenn uns das was bringen würde." Dass sie letztlich noch mehrere Jahre zusammengeblieben waren, das sah Kai Ender rückblickend als Beleg für die Stabilität moderner häuslicher Notgemeinschaften mit nur einem Geschirr und einer Musikanlage.

Die geplante Partnerschaft mit Indien war, wie Kai Enders eigene, letztlich gescheitert. Einzig ein kleiner Kreis regionaler Unternehmer ließ dennoch nicht von der Sache ab und griff auf die erheblichen Vorarbeiten zurück, die Hermann Rintel geleistet hatte. Dieser Kreis hielt sich sehr bedeckt und agierte zurückgezogen, fast schon geheim, um weder bei Bürgern noch in der Politik Missstimmung aufkommen zu lassen. Hank, der durch die Wirtschaftsförderung an der Quelle saß, wusste dies und erzählte es Kai. Mehrfach sei Rintel nach Mangalore geflogen, hatte angeblich „den Markt unter die Lupe genommen". „Ich kann mich gut erinnern, wie er danach braungebrannt zurückkam", sagte Hank und erzählte, dass Rintel auf die Frage, ob er sich gut erholt habe, gebetsmühlenartig antwortete: „Ich habe die ganze Zeit in Verhandlungen gesessen!" Der gesunde Teint käme, „weil die Inder ja alle keine Fenster haben", hatte er jemanden aus dem Büro einmal anvertraut. Kai und Hank mussten lachen, denn vielleicht hatten sie Rintel unterschätzt und er liebte es dörflich und rustikal, hatte wahrscheinlich auf Bambusrollen unter freiem Himmel genächtigt. „Oder *gekempt"*, sagte Kai Ender. Hank und er kugelten sich.

Als es wieder ernst wurde, erklärte Hank, während der medialen Diskussionen und auch lange Zeit danach habe man den Chef kaum zu greifen bekommen. War er nicht in Indien und um Indien herum im Einsatz, dann besuchte er die regionalen indienaffinen Firmen, die für eine wirtschaftliche Partnerschaft passend waren oder sein konnten. Alles lief sehr diskret ab und war auf Understatement bedacht. „Ich weiß, dass er von einigen Unternehmen schnell das Okay bekommen hat. Von Herrn Lank zum Beispiel, der mit den Monsterbackmaschinen. Oder auch von der Blütengrund GmbH. Musst mal deine Mutter fragen, Kai. Kuhne & Söhne hat er wahrscheinlich gekriegt, weil die ja nicht nur Tiefkühlwaren haben, sondern selbst produzieren und verpacken." Für so etwas fänden sich immer Anknüpfungspunkte für Handelsbeziehungen ins Ausland, wusste Hank. Er sagte, er habe bei Hermann Rintel im Büro mal versehentlich eine Liste mit Adressen, Firmendaten und dem Stichwort Indien mitgenommen: „Ich hatte bei einem Gespräch meine Unterlagen daraufgelegt und beim Rausgehen war der Zettel unter meine Akten geraten." Später hatte Hank mitbekommen, wie Rintel getobt hat und seine Sekretärin anwies, alles nach der Liste durchzusehen, „verflucht noch mal!" – „Nachher hab ich die Liste einfach bei Frau Renzel auf den Tisch gelegt, um mich nicht zu blamieren, aber vorher habe ich schon noch drauf geschaut", sagte Hank und zählte einige Namen auf. Sie überschnitten sich mit den Firmen, die Dirk Menke Kai Ender morgens genannt hatte.

Kai Ender fragte Hank, ob die Firmen auch sonst besondere Verbindungen zur Wirtschaftsförderung hätten. Hank schüttelte mit dem Kopf, „nicht, dass ich wüsste", und dass dem Handelsclub über 80 Mitglieder angehören, die ein ähnliches Programm hätten wie sein „Tschey-Ci". Der Handelsclub würde von einem Kollegen betreut und die Mitglieder seien alle über 40 Jahre alt. „Zugangsbedingung", meinte Hank und suchte in seinem iPhone nach der Datei mit den Mitgliedernamen des Handelsclubs, fand aber nur den nächsten Sitzungstermin. Er las vor: „18 Uhr: HC, 18.30 Uhr: gemeinsames Essen (bis 22 Uhr)." Für Kai Ender klang das nicht gerade nach dem *„Ehrenamtlichen Einsatz für unseren Wirtschaftsstandort"*, mit dem der HC so gerne in den Medien warb. Wieder hörte es sich nach einer freundlichen Freizeitgruppe mit Protokollverlesung an, die Wert auf gutes Essen legte. Bestimmt aber würde Geld für soziale Zwecke gesammelt.

Für Kai Ender ergaben die Dinge keinen Zusammenhang. Hank, der sich mehrere Hochprozentige eingegossen hatte, war immer munterer geworden und stellte mit besonders melodiösem Sprachfluss fest „Der Hank liebt dieses Getränk!“ grinste breit und erklärte: „Ist doch ganz leicht. Der Menke hatte entweder keine Ahnung, wohin er gestern wirklich ging. Oder aber er wusste von der indischen Gang und wollte dir die Bagage schon mal bekannt machen.“

Für Kai Ender stand fest, dass die Daten auf dem Stick ihn an zwei Orte verwiesen. Zum einen in die Firma Kuhne & Söhne, weil er dort in Kemps Zimmer den USB-Stick gefunden hatte. Die Informationen von Hank aus der Wirtschaftsförderung verwiesen zum anderen auf Hermann Rintel. Auch wenn nicht klar war, woher der Stick überhaupt kam, so lag es nahe, dass Kemp und Rintel irgendetwas verband, über das Kai Ender im Dunkeln tappte. Es machte ihn nervös, dass er den Stick nicht gleich morgens den Kollegen der Spurensicherung gegeben hatte. Obwohl es schon spät war, drängte es ihn, das nachzuholen. Weil er schon zu viel getrunken hatte, rief er sich ein Taxi. Seine Sambucafahne zähmte er mit einer Hand voll Pfefferminzbonbons. Von seinem Büro aus leitete Kai Ender die wichtigsten Schritte für den nächsten Tag ein, kümmerte sich um einen Durchsuchungsbefehl sowohl für Kemps Büroetage als auch für das des Vertriebschefs und des Finanzleiters. Vor allem sollte dabei der Inhalt der

Gefrierschränke aufgetaut werden. Er ließ den USB-Stick, den er bei Kemp gefunden hatte, und die Tabellen, die er davon ausgedruckt hatte, im Kommissariat.

An Hermann Rintel und die Wirtschaftsförderung, das war Kai Ender klar, kam er nicht ohne weiteres heran. Die Daten, die Hank über Umwege organisiert hatte, waren für ihn nicht verwertbar, aber ein Wink mit dem Zaunpfahl, die Augen aufzuhalten bei Herrn Mittelstand!

Gegen halb zwei Uhr nachts ließ sich Kai Ender von einer Streife nach Hause fahren, wo er sich leise direkt ins Bett legte, um Hank nicht zu wecken.

Nachts träumte er, eine Wunschfee würde ihm Kemps schwere Glaskugel zeigen, in der seine Exfreundin zu sehen war, die dabei war, Kaffee zu kochen. – Einen Moment später wachte er auf. Es roch tatsächlich nach Kaffee, doch statt seiner Freundin war da nur sein Freund Hank.

Hank hatte sich um diese frühe Zeit bereits nützlich gemacht, sich ein frisches Hemd von Kai geborgt, abgewaschen und rief fröhlich: „Ist schon sieben. Ich hab einen riesigen Brummschädel. Aber erst einmal guten Morgen!“ Kai war noch ziemlich benommen, setzte sich an den Küchentisch und erzählte seinen Traum, hoffte zwischen Knäckebrot und Dauerwurst ein ganz klein wenig auf Zuspruch, aber Hank war eben kein Liebesberater, sondern durch und durch ein Handelsreferent mit engen Kontakten zu Jungunternehmern. Als solcher meinte er es vermutlich nur gut, als er Kai vorschlug, sie könnten ja am Wochenende einmal zusammen shoppen gehen, er kenne da einige sehr hübsche Verkäuferinnen in 1A-Citylagen. Nach Ladenschluss könnten sie gemeinsam die „weichen Standortfaktoren“ austesten. Kai war nicht ganz sicher, was Hank meinte, und mochte eigentlich auch lieber klare Begriffe. Wie Rotlicht oder Blaulicht. Aber vielleicht hatte Hank einfach einen anderen Zugang zum Milieu, was daran liegen könnte, dass Hank als Single schon geübter war und, obwohl fast 38 Jahre alt, am meisten solche Kumpelabende wie den gestrigen liebte.

„Ich fahr dann gleich ins Büro. Mal schauen, ob da was Neues zu holen ist", sagte Hank. – „Und ich bin gespannt, ob wir das Ohr finden", antwortete Kai. „Komm, solche Geschichten nicht schon um diese Zeit, Kai!" Beide gaben ein gekünsteltes Würgen von sich und verzogen die Mundwinkel.

Als Kai Ender das Hauptgebäude der Kuhne & Söhne betrat, hatte er ein Déjà-vu-Erlebnis. Der Mitarbeiter am Empfang sagte mit der Stimme eines Next-Top-Model-Jurors: „Auch heute wieder die Treppe hinauf, Flur rechte Seite und die Kollegen …“. Kai Ender, der schlecht geschlafen hatte, beendete das Getue, trat einen Schritt auf ihn zu, damit niemand mitbekam, was er sagte, und ergänzte in hoher Tonlage: „…und dann husch, husch ins Körbchen!“ Der Empfangsmitarbeiter schaute verdutzt und fistelte irgendetwas. Kai Ender war allerdings schon zu weit weg, um es noch hören zu können.

Aus dem Büro von Eduard Kemp wurden mehrere Wannen Nahrungsmittelkartons getragen, die im Eisschrank gelagert hatten. Drüben, im Vertriebsbüro von Dirk Menke, bot sich ein ähnliches Bild. Ebenso bei Dr. Struwe. Kai Ender dachte an die Werbeprospekte von Möbelhäusern und deren fette Lettern: „ALLES MUSS RAUS!“

Gegen Mittag fuhr Kai Ender ins Kommissariat. Jemand erklärte ihm, dass man im Büro von Herrn Dr. Struwe nichts Verdächtiges entdeckt habe. „Der Raum war steril und ohne Reibungsflächen“, sagte ein Polizist, was merkwürdig gestelzt, aber passend für den Zahlenfanatiker klang. Bei Angelika Olm hätten sie einige Ordner mitgenommen. „Die Sekretärin ist uns sogar nachgelaufen, hat ‚die auch noch, die auch noch!‘ gerufen.“ Er für seinen Teil glaube, die sei zwar recht naiv, aber wohl kaum verdächtig.

In einem Nebenraum von Kai Enders Büro hatten sie alle Tiefkühlsachen aufgestellt. Links die aus Kemps Luxus-Eistresor, rechts die aus dem von Dirk Menke. Sie hatten bereits Fachleute der Spurensicherung hinzugezogen, denn was sie gefunden hatten, das war für sie überraschend. Überraschend und ekelig, zumal sie nicht vorgewarnt waren, da – ausgerechnet – der interne Informationsfluss nicht gestimmt und deshalb niemand hier gezielt nach dem Paket auf dem Foto gesucht hatte, über das sich Kai Ender und Hank in der Nacht fast verschluckt hatten. Stattdessen hatten Kai Enders Kollegen alle Pakete geöffnet. Die Ware war bereits leicht angetaut, als Frank Hartung aus dem Ermittlungsstab mit einem Holzspachtel in einem Paket mit der Aufschrift Mirabellensorbet herumgestochert hatte. Es war auffällig dunkel gewesen, und er hatte sich über die Zähigkeit der Beilage gewundert. Erst als jemand heißes Wasser hatte darüber laufen lassen, wurde klar, um was es sich handelte. Es war ein menschliches Ohr, eher bräunlich als weißlich. Es war ein Anblick, der das Gefühl auslöste: „Igitt! – Aber schaut doch alle mal her!“ In wenigen Sekunden hatten sich alle Polizisten aus den näheren Büros um das Ohr versammelt, beugten sich nach vorn, als würden sie um einen Seziertisch stehen.

Experten aus der Rechtsmedizin ordneten das Ohr später einem Asiaten zu. „Vermutlich handelt es sich um das Ohr eines Inders, das schon längere Zeit im Gefrierschrank von Dirk Menke lagerte, Herr Ender“, sagte Professor Dr. Schröpf, der die Rechtsmedizin leitete. „Ich habe außerdem mit ihren Kollegen gesprochen, die die Bilderdateien von ihrem USB-Stick ausgewertet haben. Wir sind uns beide sicher, dass es sich bei dem Ohr, das wir im Eisschrank von Dirk Menke gefunden und aufgetaut haben, nicht um das Ohr handelt, das auf dem Foto von ihrem USB-Stick zu sehen ist. Dieses hier aus Menkes Eisschrank ist ein rechtes Ohr, das auf den Fotos mit an Sicherheit grenzender Wahrscheinlichkeit ein linkes Ohr. Ob es sich um die Ohren ein und derselben Person handelt, können wir nicht sicher sagen. Es sieht aber nicht so aus." Diesmal wurde Kai Ender übel. Er hatte keine Lust, Menschen ohne Ohren zu suchen. Er legte seine Hand auf seinen Magen.

In Eduard Kemps Büro hingegen, in dem das Foto gemacht worden war, hatte man zwar kein Ohr gefunden, dafür aber gefrorene Trüffel, ein eingefrorenes Goldnugget, einen hohen fünfstelligen Geldbetrag in Scheinen, vermutlich Schwarzgeld, sowie eine Sammlung aus der Mode gekommener Manschettenknöpfe mit echten Steinen. Das Goldnugget war Beigabe in einem Kasten „Kartoffel Gold Nuggets, erste Qualität". Vielleicht hatte Kemp doch Humor gehabt. Die Manschettenknöpfe lagen in einem Briefumschlag. Das Geld lag in einem doppelten Boden im untersten Fach und wies den Eisschrank als clevere Spezialanfertigung aus, die es vom Überraschungsfaktor her mit der Spirituosenschrankwand aufnehmen konnte.

Anders als Kemps teurer Eistresor, ergab der Inhalt von Dirk Menkes Eisschrank keine weiteren Auffälligkeiten als das Ohr. Was im Grunde auch schon reichte. Denn nun hatte Kai Ender einen ersten klaren Ansprechpartner. Er hieß Dirk Menke und konnte sich vielleicht schon bald darauf einstellen, seine dicke Armbanduhr beim Pförtner abzugeben. In Knast mochte man Statussymbole nicht so sehr.

Bis zu dem Tag, an dem sie Eduard Kemp tot über seinem Schredder aufgefunden hatte, gab es für Angelika Olm nur einen weiteren Tag, den sie als den schlimmsten ihres Berufslebens bezeichnen würde. Es war ein sonniger Morgen vor einigen Monaten, an den sie sich so gut erinnerte, weil es der Tag vor dem Geburtstag von Hermann Rintel war und der *Kurier* in höfischer Ehrerbietung bereits vorab auf über einen halben Seite davon berichtete. An diesem Morgen hatte Angelika Olm schon beim Betreten ihres Büros so eine Ahnung gehabt, dass irgendetwas Ungutes bevorstand. Sie sollte recht behalten. Dirk Menke nämlich saß an diesem Morgen schon so früh im Zimmer von Eduard Kemp wie sonst nur solche Mitarbeiter, die ihre eigene Kündigung provozieren wollten oder die Kemp als Geisel genommen hatte, wie vor einigen Jahren einmal eine Reinigungskraft, die mit einer kratzigen Politur das Hochglanzchrom seines Eisschrankes geschrubbt hatte. Sie musste verharren, bis der Putzkolonnenleiter kam und sie auslöste.

Nun saß also Menke da, den Kemp gewiss nicht gekidnappt hatte, wobei man auch das nie wirklich wissen konnte. Menke gehörte zwar zur vorderen Firmenriege, aber Kemp legte auch bei ihm Wert darauf, dass ihre Beziehung nach außen hin niemals zu vertraut erschien. Als Angelika Olm Eduard Kemp seinen Kaffee und seine Tasse bringen wollte, so wie jeden Tag, und die Tür aufstubste, fuhr er sie wutgeladen an: „Gefälligst nicht jetzt, Frau Olm!“ Dirk Menke starrte sie entsetzt an. Angelika Olm schloss die Tür, aber sie hatte gesehen, dass Menke auf seinem Schoß ein Paket, nein, zwei Pakete hielt. Es waren die Kuhne &

Söhne-Verpackungen für das neue Mirabellensorbet. Sie erkannte diese sofort, weil sie den gefühlten 40.000-Kalorienkasten fast täglich aus dem Fabrikverkauf mitnahm und dafür verantwortlich machte, dass bei drei ihrer Lieblingskostüme die Nähte extrem spannten.

Angelika Olm mochte es nicht, wenn ihr Eduard Kemp eine Abfuhr erteilte. Tag für Tag war es eine ihrer ersten Aufgaben, ihm eine Kanne Kaffee samt Tasse auf einem Tablett in sein Büro zu bringen. Montags und donnerstags musste sie sogar noch Obst für ihn in kleine Stücke schneiden. Montags, weil er sonntags oft fettig aß. Donnerstags, weil er mittwochs meist seinen Herrenabend mit reichlich Alkohol hatte. Sie fühlte sich dabei nicht selten, als gehörte sie zum Team eines Streichelzoos. Das grobe „Gefälligst nicht jetzt, Frau Olm!" war für sie eine Herabwürdigung erster Kategorie.

Doch manches Schlechte hatte auch ein Gutes. In einem ähnlichen Fall von Frust und Wut nämlich hatte Angelika Olm vor Jahren entdeckt, dass sie auch bei verschlossener Tür herausfinden konnte, was im Chefbüro vonstattenging. Sie musste dazu nur eine von ihren guten *Fine-Bone-China*-Tassen aus ihrer Schublade holen und sie an eine Stelle ziemlich rechts hinter dem großen Monatskalender mit Fotos aus der Arktis halten, der an der Wand hing, die ihr Büro von Kemps Büro teilte. Hinter dem Kalender nämlich gab es eine hohle Stelle, die ursprünglich für eine Durchreiche vorgesehen war, aber irgendwann mit Sperrholz verkleidet und mit Tapete überklebt worden war.

Angelika Olm klappte den Kalender nach vorn, hielt die Tasse an die Wand und ihr Ohr an die Tasse. Sie hörte genau hin, konnte aber nicht alles verstehen, da sie offenbar besonders leise sprachen. Was sie mitbekam, war, dass Dirk Menke Eduard Kemp – in welcher Sache auch immer – ein Ultimatum stellte. Eduard Kemp solle sich gut überlegen, was er täte, die Sache sei „anders als sonst". Oder so ähnlich. Täte er das nicht, dann würde das kein Spaß – „weder für Sie, Herr Kemp, noch für den Rintel! Von ihrem Mangalore-Tamtam können Sie sich dann endgültig verabschieden!" Dirk Menke verlangte außerdem – und dies besonders lautstark – „einen weiteren finanziellen Bonus als Schweigegeld. Angemessen und sofort!"

Angelika Olm war es befremdlich vorgekommen, dass sie ihren Chef gar nicht sprechen hörte. Nichts zu sagen, das war nicht seine Art. Vielleicht hatte er leise gesprochen. Aber das glaubte sie kaum, denn den Satz „Ich werde mich kümmern, Herr Menke", den hörte sie genauso deutlich wie das Wort „Sonderprämie". Exakt um 8.10 Uhr verließ Dirk Menke erst das Chefbüro, dann ihr Vorzimmer. Wenig später, Punkt 8.15 Uhr, dieser Termin war an jedem Donnerstag so fix wie eine Temperatur von minus 24 Grad Celsius im Hochregallager, ging Eduard Kemp, energiegeladen durch die Tür und zu der wöchentlichen Besprechung mit Hermann Rintel, die stets an verschiedenen Orten, jedoch nie im Unternehmen selbst stattfand. Er sagte: „Frau Olm, lassen Sie niemanden in mein Büro! Niemanden!" Da er sie für zuverlässig, aber schlicht hielt, rechnete er nicht damit, was Angelika Olm dann tat.

Angelika Olm wartete einen Moment, schloss dann ihre Bürotür von innen zu und ging nach nebenan. Sie blätterte zunächst die oberste Schicht der sauber sortierten Papierstapel ihres Chefs durch. Ohne Auffälligkeiten. Dann sah sie, dass die Glastür des Eisschrankes beschlagen war. Blitzschnell öffnete sie die Tür, sah ein Paket Mirabellensorbet, das eine ungewöhnlich dunkle Farbe hatte. Sie griff es sich, stellte es auf den Schreibtisch ihres Chefs und machte es auf. Sie hatte keine Zeit gehabt zu überlegen, was der Inhalt sein könnte. Aber als sie ihn erkannte, fühlte es sich an, als würde ihr jemand den Hals zudrehen. Ganz deutlich konnte sie ein menschliches Ohr erkennen. Es war zu hundert Prozent das Widerlichste, was sie bis dahin im gesamten Kuhne & Söhne-Portfolio gesehen hatte. Blitzschnell holte sie von nebenan ihre Digitalkamera aus ihrer Handtasche, machte, wohl oder übel, einige Fotos und stellte das Paket retour. Dann rannte sie das erste Mal, seitdem sie Chefsekretärin war, in eigener Sache zu Kemps Schrankbar, schraubte die erstbeste Whiskeyflasche auf und hielt sie sich vor den Hals. Sie verschluckte sich vor Schreck, als ihr auffiel, dass die Schranktür der Bar, dieser doch höchst geheim zu nennende Hinterausgang aus Kemps Büro, gar nicht richtig eingerastet war. Mit einem Ruck gab sie der Schrankbar einen Schubs, drückte sie fest nach hinten. Man wusste ja nie. Die Zarge rastete ein. Kaum drei Minuten hatte ihre Aktion gedauert.

Der weitere Verlauf dieses sonnigen und eigentlich schönen Tages war schrecklich gewesen. Sie musste immerzu an das Ohr denken und fragte sich, wie es sich wohl anfühlte, würde es jemand aus Versehen zwischen die Zähne bekommen. Vermutlich ähnlich, wie wenn man auf eine gekochte Schnecke biss. Gummiartig – und womöglich würde es knirschen beim Kauen.

Erst zu Hause kam Angelika Olm zur Besinnung. Sie schaute ihre „K.O.-Ordner" durch und blätterte sich zu den Dingen vor, die sie darin über Dirk Menke abgelegt hatte. Sie stellte fest, dass es in der Vergangenheit immer wieder kleinere, aber harmlose Konflikte zwischen Menke und Kemp gegeben hatte. Auffällig war eher, dass sich Kemp und Menke erst vor einigen Jahren wirklich kennengelernt zu haben schienen. Ihre Strichliste für die Besuche von Menke bei Kemp war seitdem frappierend in die Höhe geschnellt. Durch ein wenig Recherche stellte sich heraus, dass der Anfang des undurchsichtigen Männerbündnisses in die Zeit fiel, als Rintels Indienpropaganda gerade wieder abgeflacht war. Außerdem fand sie Mails zum Ökolabel, das Kemp und andere Firmen vor einiger Zeit zusammen mit der Wirtschaftsförderung hatten entwickeln lassen und das sie mit großem Stolz nutzten. Das Ökolabel trug den Slogan *„Wir von hier"* und zeigte einen grünen Pfeil auf einem hellbeigen Grundfarbton, so dass man auch unauffällig Seniorengruppen damit hätte markieren können. „Wir von hier" – dieser Spruch war weder besonders originell noch besonders neu, aber immerhin kam er von einer Werbeagentur aus einer Hansestadt, der allein schon wegen der vornehmen Adresse niemand zutraute, dass sie schlechte Arbeit ablieferte. Angelika Olm blätterte weiter in ihrem „K.O.-Ordner", glaubte zu erkennen, dass sich ihr Chef oftmals unmittelbar nach dem Kontakt mit Dirk Menke direkt mit Hermann Rintel in Verbindung gesetzt hatte.

Angelika Olm wusste, sie musste geduldig sein, denn mit ihrem illegal beschafften Wissen um das Tiefkühlohr konnte sie kaum zur Polizei marschieren.

Die Backmaschinen der Lank GmbH wurden in alle Welt gesandt. In die USA, wo eine feiste Browniemasse an den Metallwänden der deutschen Wertarbeit klebte. Und nach Indien, wo sie Fladenteige darin rührten. Im Lager von Lank sah es so aus, als befände man sich in einem modernen Liliput, in dem Rührgeräte auf riesenhafte gulliversche Ausmaße aufgepumpt in den Regalen lagerten. Immer vier der gut hüfthohen Maschinen standen nebeneinander bei drei Reihen in der Höhe. Fraglos war dies eine seltene Branche, die jedoch Wachstumszahlen verbuchte, seit sich besonders in Asien die Essgewohnheiten änderten und Bäckereien eröffneten. Was dort alles mit in den Topf kam, wusste niemand so genau zu sagen. Und was hier, offensichtlich nicht weniger: In der unteren Reihe der Rührmaschinen ragten in der zweiten von rechts zwei Männerbeine aus der Schüssel. Der Auszubildende im zweiten Lehrjahr hatte es zuerst bemerkt, sich aber nur mäßig erschrocken. Aus dem Internet war er anderes gewohnt, wenngleich der Fund an diesem Ort für ihn zugegebenermaßen schon „echt fett" war. Ein echter Mensch in einer der Riesenschüsseln, das sah krass aus und gehörte ganz sicher nicht hier hin. Er ging ein wenig nach vorne, stellte sich auf die Zehenspitzen und schaute über den Rand, dann eilte er zu seinem Spind, holte sein Handy aus der Tasche und machte Fotos. Einige von weit weg und auch zwei, drei Nahaufnahmen. Als er fertig war, ging er zu seiner Kollegin Sabine aus dem ersten Lehrjahr, sagte, sie möge einmal mitkommen, es gebe da etwas.

Ein hohes Mädchenkreischen hallte durch die Firma, so laut und erschütternd, dass in der Buchhaltung im Gebäude gegenüber ein Mitarbeiter an die letzte Innenrevision dachte und erstarrt seinen Zeigefinger weiter auf der Rechenmaschine behielt, was eine irre lange 2222222222222222222222222222222222-Reihe entstehen ließ. Der Buchhaltungsmitarbeiter war gedanklich längst wieder in anderen Sphären unterwegs, als vom Telefon in der Lagerhalle aus die Polizei verständigt wurde. Zu diesem Zeitpunkt standen der Geschäftsführer Erhard Lank, sein Assistent, der Lagerleiter, der Auszubildende und die sehr blasse Auszubildende Sabine in einem Pulk am Regal. So recht wusste niemand, was zu tun sei, doch der Lagerleiter, von sehr kleiner Statur, nahm ungefragt eine Leiter, lehnte sie an und kletterte einige Stufen hinauf. Was er sah, war kein schöner Anblick, doch meinte er, den Mann zu kennen. Er musste überlegen, von woher. Er hatte ihn schon gesehen und doch fiel es ihm nicht sofort ein. „Ich kenne den Herrn“, sagte er, schaute nach unten in die vier Augenpaare. Als er den ersten Fuß wieder auf den Hallenboden setzte, sagte er: „Das ist der Herr Klenke. Oder Renke.“ „Aber nicht etwa Dirk Menke?“, stotterte Erhard Lank, während das Grüppchen – bis auf die beiden Auszubildenden – zur Leiter stürzte, um einmal selbst nachzusehen. Der Lagerleiter nickte: „Das ist der Name, den ich meine.“ Bevor irgendjemand – inzwischen waren weitere Mitarbeiter in die Halle gekommen – einen näheren Blick erhaschen konnte, stellte sich Lank ihnen in den Weg, autoritär und mit einer deutlichen Spur einer traditionellen Geste, die so etwas aussagte wie „Mein Haus, meine Opfer! Wir werden das hier in Würde zu Ende bringen“. Lank schien soeben um Jahre gealtert. Zwei Tote so kurz nacheinander. Das machte ihm Angst. Große Angst. Er konnte gar nicht sagen, wie viel Angst ihm das machte! Er musste dringend Hermann Rintel benachrichtigen.

Kai Ender hatte ein flaues Gefühl im Magen, als er hörte, es gebe einen Toten bei der Firma Lank. Ihm reichte sein bisheriger Fall vollkommen aus, um ein erfülltes Arbeitsleben zu haben. Als er bei der Firma Lank eintraf, waren seine Kollegen von der Spurensicherung schon in ihrem Element. Kai Ender sah sich die Leiche nur kurz an. Man hatte ihm erzählt, dass es sich um Dirk Menke handeln sollte. Dessen Haut war nun nicht mehr so sonnengegerbt wie noch gestern beim gemeinsamen Gespräch. „Könnt Ihr schon etwas sagen?“, fragte Kai Ender. „Der Mann hier hat sich vor seinem Tod übergeben. Er ist, so wie es bisher aussieht, auf die Holzpalette gestiegen, auf der die Rührmaschine steht, und dann ungünstig nach vorn gekippt.“ Mit der Hand wurde die Fallbewegung angedeutet. „Höchstwahrscheinlich ist er hierhergelaufen, damit er nicht direkt in den Raum spu… – na, Sie wissen schon. Und er hat vermutlich Schokolade gegessen. Es deutet einiges darauf hin, dass er vergiftet wurde, aber letztlich kann dass erst die Obduktion ergeben“. Sein Kollege zeigte ihm ein kleines Plastiktütchen, das sie in der Halle auf dem Boden gefunden hatten. Und ein buntes Schleifchen, das Dirk Menke in der Hosentasche gehabt habe.

Kai Ender traute seinen Augen nicht. Es war exakt solch ein Trüffeltütchen, wie er es auf dem Schreibtisch von Eduard Kemp hatte liegen sehen. „Weiße Schokolade und Zartbitter“, sagte er, brummelte etwas von „Verdammte

Pralinés!“ und rief: „Ruft mich sofort an, wenn es Ergebnisse gibt!“

Kai Ender setzte sich in sein Auto. Er fuhr auf direktem Weg zu Kuhne & Söhne. Dort angekommen, marschierte er erstmals grußlos an seinem neuen Freund am Empfang vorbei und direkt in das Zimmer von Angelika Olm, von der er sich fragte, was sie den ganzen Tag so trieb, wo doch jetzt gar kein Chef mehr vorhanden war. Er klopfte an, wurde hereingebeten und sah sie in gewohnter Akkuratesse. Sie sah so beschäftigt aus, als würde sie immer noch die Briefe ihres Chefs Korrektur lesen. In Wirklichkeit aber lag der *Kurier* vor ihr. „Guten Tag, Frau Olm“, sagte Kai Ender, und es klang zu streng für sein legeres Aussehen. Spitzfindig fügte er hinzu: „Ich weiß, was Sie morgen im *Kurier* lesen werden!“ – „Was denn, Herr Kommissar?“ „Sie werden lesen, dass Ihr Vertriebsleiter tot aufgefunden wurde und dass er arsenhaltige oder wie auch immer vergiftete Trüffel aus dem Büro von Eduard Kemp intus hatte! Vielleicht werden Sie sogar Ihren eigenen Namen in der Überschrift lesen.“

In dem Moment, in dem er das gesagt hatte, drückte er, ohne Frau Olm nach der Erlaubnis gefragt zu haben, die Klinke von Kemps Büro herunter und betrat das Chefzimmer. Wie erwartet, war der Beutel mit den Trüffeln nicht mehr da. Er ging zurück, setzte sich auf den Platz vor dem Schreibtisch und hob in eindringlichem Tonfall an: „Bis vorgestern lagen dort drüben, direkt auf dem Tisch Ihres Vorgesetzten, Trüffel, Pralinés, Speckkugeln oder wie auch immer sie zu dem Zeug sagen wollen, mit dem Ihr Chef in seinem Miniaturkönigreich dick gefüttert wurde. Meine

Kollegen haben den Süßkram jedenfalls nicht mitgenommen. Also, Frau Olm, wo sind die Trüffel?"

Angelika Olm war das erste Mal, seit die Ereignisse ihren Lauf genommen hatten, wirklich und wahrhaftig erschrocken. Sie schob den *Kurier* beiseite und nahm ihre Lesebrille ab, die nun an einem Band vor ihrem Ausschnitt baumelte. „Sagen Sie das noch einmal, Herr Kommissar!" „Ich sage hier gar nichts noch einmal!", sagte Kai Ender unwirsch, ließ sich aber erweichen, als er merkte, dass Angelika Olm Tränen in die Augen schossen. Es war eine Regung, von der er das Gefühl hatte, sie könnte zu 75 Prozent echt sein, was ein guter Schnitt wäre. Eine solche, wenngleich auch nur drei Viertel ehrliche menschliche Regung, die hatte er seit dem Leichenfund von Eduard Kemp noch nicht erlebt.

„Frau Olm, ich möchte von Ihnen wissen, ob Sie eventuell die Trüffel aus dem Büro genommen und sie Herrn Menke gegeben haben?" Er gab Angelika Olm ein Taschentuch, weil er nicht wusste, was er anderes tun sollte. Sie schnäuzte sich. „Das habe ich nicht gewollt", sagte sie immer wieder. „Wirklich nicht, Herr Kommissar. Ich habe es doch nur gut gemeint." – „Vielleicht können Sie mir das mit dem *gut gemeint* noch ein wenig näher erklären, Frau Olm?"

„Heute Morgen kam Herr Menke zu mir ins Büro. Er sagte, er wolle nur mal eben ins Büro von Herrn Kemp schauen. Ich ging mit ihm nach nebenan und sagte, dass die Polizei schon alles untersucht habe. Sogar den Eisschrank. Er anwortete, das wisse er selbst. Seiner wurde auch ausgeräumt! Herr Menke ging trotzdem kurz zum

Eisschrank und schaute hinein. Ich sagte die ganze Zeit, er dürfe das nicht, und dann meinte er, er dürfe noch vielmehr, und hat sich einfach Herrn Kemps Trüffel gemopst!" Angelika Olm sagte nicht geklaut oder genommen, sie sagte *gemopst.*

Sie machte eine Pause. Nach einem tiefen Seufzer nahm sie einen neuen Anlauf und erklärte fast schüchtern: „Vielleicht war es aber auch so, dass ich zuerst zu ihm sagte, ‚Sie dürfen nicht an die Sachen von Herrn Kemp, Herr Menke! Das Einzige, was sie hier dürfen, ist, sich die Trüffel mitzunehmen!' – Ja, Herr Kommissar, je länger ich überlege ...", Angelika Olms Stimme wurde noch leiser, „ich glaube, dass es wohl eher so war." Sie wirkte zerknirscht. „Ja, Herr Kommissar, ich war es, die Herrn Menke die Trüffel angeboten hat", sagte sie schluchzend. Der Vertriebsleiter habe sich die Tüte mit den zwei Trüffeln genommen und habe ihr dabei verächtlich zugezwinkert, als habe er sagen wollen: „Wenn ich wollte, könnte ich auch den Stifte-Igel mitnehmen!"

Der Kommissar und die Sekretärin schauten sich an. Kai Ender fragte sich, ob sie wohl verheiratet sei. Und er fragte sich, warum er sich das eigentlich fragte. „Aber wenn das wirklich so war, Frau Olm, dann können Sie doch gar nichts dafür. Selbst wenn sich ergibt, dass die Trüffel vergiftet waren. Für uns ist entscheidend, woher die Pralinés stammen!" Angelika Olm zog die Nase hoch, bat, sich kurz frisch zu machen zu dürfen, sie wolle dann gern über all das berichten, was sie wisse. Weil die Damentoiletten nicht in Fluchtrichtung lagen, stimmte Kai Ender zu, ging mit auf den Flur und sah ihr kurz nach.

Am Handwaschbecken wischte sich Angelika Olm mit Wasser die verlaufene Wimperntusche von den Wangen. Sie wusste, ihr blieben nur wenige Minuten, in denen sie eine kluge Strategie entwickeln musste. Über mehrere Monate hatte sie nun schon Stillschweigen über ihren erschreckenden, letztlich gruseligen Ohrfund bewahrt, hatte sich in wochenlanger Heimarbeit die Affäre zwischen Eduard Kemp und Sibylle Alt aufgeschlüsselt. Zwei oder dreimal hatte sie sogar ihre Patchworkkurse dafür ausfallen lassen. Es war an der Zeit, Tacheles zu reden. Und wo sie der Kommissar doch nun quasi direkt nach Sibylle Alt fragte, könnte sie sich in diesem Punkt ein wenig Luft machen. Sie hatte in der Vergangenheit schon mehrere Gelegenheiten verstreichen lassen, bei denen sie die Geliebte ihres Chefs hätte vorführen können. Möglicherweise sogar bei der Polizei. Sie hatte es nicht getan, weil sie auf die beste Gelegenheit gewartet hatte. Diese beste Gelegenheit war jetzt da, das entschied sie an diesem stillen Örtchen und dachte ganz fest an ihr Mantra, klopfte sich ermutigend mit den Handflächen auf die Wangen und lächelte sich im Spiegel an.

In diesem Moment stand für Angelika Olm fest, dass sie ihr Wissen über Sibylle Alt nicht länger geheim halten wollte. Dirk Menke war zwar bei weitem einer ihrer arrogantesten und durchtriebensten Kollegen, aber dass er ausgerechnet von dieser Versteckspiel-Freizeittante umgebracht worden war, das musste ja nun wirklich nicht sein. Was für Angelika Olm noch viel schlimmer wog, war die Tatsache, dass Sibylle Alt kaltblütig genug war, es vor ihren Augen auf Eduard Kemp abzusehen, für den die Trüffel augenscheinlich bestimmt gewesen waren.

Kurz überlegte sie, warum Sibylle Alt das Risiko eingegangen war, sich auf eine so plumpe Weise verdächtig zu machen. Ausgerechnet Trüffel! Man musste nun wirklich kein Schwein sein, um da Witterung zu ihr aufzunehmen. Sie selbst jedenfalls wusste seit Beginn der Liaison, dass Herr Kemp von seiner heimlichen Geliebten wie die Dependance einer Süßwarenabteilung ausgestattet wurde. Was hatte sich Sibylle Alt nur dabei gedacht, einen so unverhohlen öffentlichen Mordanschlag vor den Augen der Vorzimmerdame vorzubereiten?

Es gab so viele Fragen. Angelika Olm dachte einen Moment darüber nach. Sibylle Alt musste doch zumindest in Erwägung gezogen haben, dass, bei aller Heimlichtuerei, die Sekretärin ihres vermeintlichen Herzblattes über die Beziehung im Bilde sein musste. Dann ging Angelika Olm ein Licht auf. Wenn nicht sogar ein ganzer Kronleuchter: Sibylle Alt – obwohl einzig durch den privaten Kontakt zu regionalen Wirtschaftsvertretern in höhere Kreise berufen – musste sie, die Vorzimmerdame des Geschäftsführers Eduard Kemp, die das Bürofach von der Pike auf gelernt und sich in zahlreichen Abendkursen und an Wochenenden weitergebildet hat, für derart hinterwäldlerisch und dümmlich gehalten haben, dass sie ihr nicht einmal zutraute, auch nur die leiseste Ahnung von ihrer Liebschaft zu Eduard Kemp zu haben! Angelika Olm wurde klar: Vermutlich hatte Sibylle Alt sogar ernsthaft und ehrlich gedacht, ihr schwerreicher Ede hätte über die Jahre hinweg all die Hotels vom Telefon seines idyllischen Büros aus gebucht, nachdem er zuvor seine Glaskugel befragt hatte und diese ihm romantische Ziele hatte aufflimmern lassen.

Und erst die vielen Blumensträuße! Sibylle Alt musste davon ausgegangen sein, Eduardo hätte sie auf den frühlingsfrischen Pflückwiesen am Ortseingang handverlesen. Statt sie äußerst unromantisch zwischen zwei Terminen per Zuruf im Sekretariat zur Bestellung aufzugeben!

Angelika Olm war erschüttert. Tief getroffen war sie aber vor allem von der Erkenntnis, dass sie einmal mehr – und sei es auch nur von dieser Frau Alt – scheinbar für komplett unzurechnungsfähig gehalten wurde. Gleichwohl bestätigte sie diese unfrohe Erkenntnis darin, es sei höchstwahrscheinlich genau jetzt der beste aller Zeitpunkte, einige Asse auszuspielen. Deshalb lächelte sie sich erneut mantramäßig Mut zu. Dann ging sie auf den Flur und zurück in ihr Büro.

Kai Ender hatte ihr in der Zwischenzeit eine Tasse Kaffee eingegossen, sagte „Trinken Sie einen Schluck, dann sprechen wir weiter." Angelika Olm nannte Kai Ender den Namen von Sibylle Alt und log drauf los: „Herr Kemp hat oft mit mir über Sibylle Alt gesprochen", sagte sie. Er sei begeistert gewesen von ihr und schwärmte davon, dass sie ihn mit Schokolade versorgte, wie es noch nie im Leben jemand getan hätte. Es habe Herrn Kemp auch gar nichts ausgemacht, dass er stark zunahm. „Eduard Kemp war schier süchtig nach Schokolade, seit er Sibylle Alt kannte", sagte Angelika Olm, und ihr Chef habe ihr oft erzählt, wie Sibylle Alt ihm gut zuredete und ihn darin bestätigte, dass „seine große Nase in einem volleren Gesicht deutlich kleiner wirken würde!" Dieser Satz wäre nicht nötig gewesen. Aber Angelika Olm war geladen. „Ja", sagte sie und mimte die Betrübte, „ich war bei uns im Haus wohl die

Einzige, mit der Herr Kemp über seine Geliebte sprach. Er war ja sonst immer überaus diskret. Fast schon krankhaft diskret."

Letzteres war nicht gelogen. Sie schwieg abermals. Je mehr sie zur Besinnung kam, umso sicherer war sie, das Sibylle Alt nie damit gerechnet hatte, dass eine Sekretärin sie einmal derart auszählen würde. Sie fühlte sich wie auf einem Triumphzug und ließ deshalb zum Abschluss noch durchklingen, dass es schon länger Gerüchte gäbe über „eine Beziehung zwischen Frau Alt und Herrn Rintel. Na, Sie wissen schon, den von der Wirtschaftsförderung". „Ich weiß ja nicht, ob das etwas zur Sache tut, Herr Kommissar, aber ich habe ein so schlechtes Gewissen wegen Herrn Menke." Dann setzte sie einen Dackelblick auf und verriet Kai Ender die Adresse von Sibylle Alt und dass sie früher „immer so geschwärmt hat für die Frau Alt, weil die ja mal Apotheke gelernt hat und ich nur Büro". Es könne ja sein, dass das wichtig sei wegen der Sache mit dem Gift in den Trüffeln – „aber das geht mich ja auch gar nichts an."

Angelika Olm fühlte sich wohl damit, wie sie aufgetreten war und ihr Wissen vor dem freundlichen Kommissar ausgebreitet hatte. Sie war felsenfest überzeugt, Kai Ender hatte ihr jedes Wort abgenommen, obwohl Eduard Kemp in ihrer Gegenwart niemals auch nur ein Sterbenswörtchen über Sibylle Alt verloren hatte. Sie selbst war es, die die Details herausgefunden hatte. Und dazu gehörte auch, dass Sibylle Alt in jungen Jahren wirklich einmal Apothekenhelferin gelernt hatte, aber aufhören musste, wegen „Unzuverlässigkeiten".

Nach dem Besuch bei Angelika Olm organisierte Kai Ender ein Team für den Besuch bei Sibylle Alt. Er war davon überzeugt, dass sie der Schlüssel zu Kemps Mord, ja, dass sie vielleicht sogar dessen Mörderin sein könnte. Wobei ihm eines nicht einleuchten wollte: Warum sollte jemand die Krawatte eines Menschen in einen Papierschredder einfädeln, ihn mit Kraft nachschieben und dann vergiftete Trüffel auf dessen Schreibtisch liegenlassen? Toter als tot ging schließlich nicht. Von der direkten Spur in den Knast, die damit gelegt wurde, einmal ganz abgesehen.

Bevor er sich mit Kollegen vor dem Haus von Sibylle Alt traf, hatte Kai Ender noch in der Pathologie angerufen. Ja, sagte man ihm dort, Dirk Menke sei eindeutig vergiftet worden. Um welches Gift es sich genau handele, das sei noch nicht sicher. Außerdem könnten sie ein Fremdverschulden wegen der Gegebenheiten am Tatort ausschließen. Für seinen fiktiven Traueranzeigentext notierte er *„Viele Köche verderben den Brei“*. Er fand das selbst nur mittelmäßig und überlegte, ob ihm nicht noch etwas Besseres einfallen würde. Er liebäugelte mit einem Satz, in dem das Wort *Rührstück* vorkam.

Sibylle Alt saß auf ihrer altbackenen Couch. Sie hatte seit gestern intensiv versucht herauszufinden, wo eigentlich die Trüffel geblieben waren, die sie Eduard Kemp am Nachmittag vor ihrem letzten gemeinsamen Treffen mit auf den Weg gegeben hatte. Je mehr Details sie aus dem *Kurier* über den Tod ihres ehemaligen Geliebten erfuhr, desto deutlicher wurde, dass dies ein Moment ihres Lebens war, in dem ihr die Dinge entglitten. Obwohl sie sich durch die Lektüre der Yellowpress so gut vorbereitet gefühlt hatte, auch auf ein Scheitern ihres Trüffelanschlags.

Und je mehr Zeit verging, ohne dass von einem vergifteten Polizisten oder einer vergifteten Vorzimmerdame berichtet wurde, umso mehr hatte sie darauf gehofft, doch noch unbeschadet aus der Sache herauszukommen. Ehrlich gesagt, waren ihr die Schlagzeilen, die sie sich neulich über sich ausgemalt hatte, inzwischen egal. Sie hatte sich den ganzen Ingrid-van-Bergen-Kram nur schöngeredet, weil jeder Mord die Option beinhaltete, dass etwas schiefgehen könnte. Auf diesen Fall wollte sie mental vorbereitet sein.

Die riskante Trüffelaktion, bei der vieles dafür sprach, dass sie die weiteren Jahre ihres Lebens hinter Gittern verbringen würde, musste aber sein, denn letztlich stand sie vor der Wahl zwischen Pest oder Cholera. Eduard Kemp und sie teilten nämlich nicht nur heimlich Buffettische und Hotelbetten. Sie teilten ein viel brisanteres Geheimnis, das aus den Tagen herrührte, als sie gerade frisch verliebt waren. Es führte zurück zu dem Abend, als sie sich mit dem alten Briller erst am Gartenhäuschen gestritten und ihm dann von der Laubenkolonie aus zu seiner Firma gefolgt war.

Eduard Kemp, den sie damals noch nicht lange kannte, war ihr an jenem Abend nachgefahren, weil er ein über die Maßen eifersüchtiger Mann war. Er war vor das Fenster geschlichen und hatte gesehen, wie sie sich mit dem alten Briller im Haus weiter gestritten hatte. Und er hatte beobachtet, wie sie dann das Regal umgestoßen hatte. Sie wollte damals nicht, dass der alte Briller stirbt, aber er war sofort tot, als die Illustrierten und Ordner auf ihn einprasselten. Eduard Kemp musste bereits längere Zeit vor der Scheibe des Büroraums im Erdgeschoss gestanden haben. Er tat es noch, als sie sich bereits hilfesuchend umsah, entsetzt und verstört war. Sie wischte hier und da an Dingen herum, von denen sie dachte, dass ihre Fingerabdrücke darauf sein könnten, dann rannte sie zur Tür, vor der Eduard stand und schwieg. Sie erschrak das zweite Mal bis ins Mark. Er starrte sie an und tat etwas völlig Unerwartetes: Er trat ein, drehte mit einem Taschenmesser zwei Schrauben am Regal locker und nahm ein Teilchen weg, so dass ein Unglücksfall nunmehr in den Bereich des Wahrscheinlichen fiel. Er steckte dann auch eine Schraube ein, nahm zwei Rechnungen vom Brillers Schreibtisch mit, die auf den Todestag datiert waren, schaute sich rechts und links um und forderte dann Sibylle Alt auf zu gehen: „Sofort!" Sie würden sich morgen früh aussprechen. Seine Sekretärin würde etwas buchen. Sie kontrollierten, dass niemand sie sehen konnte, und dann machten sie sich davon. Jeder in seinem eigenen Wagen.

Eduard Kemp hatte gegenüber Sibylle fortan über die Sache geschwiegen. Immer, wenn Sibylle das Thema anschneiden wollte, blockte er ab. Nur einmal sagte er, es sei ein Wink des Schicksals gewesen, dass die Ermittlungen damals ins Leere führten, weil es nicht ausgeschlossen war, dass ein Regal des Typs, wie es im Lesezirkel Briller stand, zusammenbrach. Was beide erst durch die Presse erfuhren, war, dass exakt dieses Modell auch schon in anderen Büros, wenn zwar nicht zu Todesfällen, so immerhin zu tragischen Unfällen geführt hatte. Frau Briller, eine zierliche, resolute Frau, die rund 20 Jahre jünger war als ihr Ehemann, hatte nach dem Tod ihres Gatten die Tätersuche nicht befeuert. Stattdessen hörte sie nicht auf zu betonen, dass ihr Mann keine Feinde gehabt habe. „Aber auch keine Freunde!" Es sei üblich gewesen, dass er abends nochmals ins Büro gegangen sei. Sibylle Alt hatte damals vermutet, dass Frau Briller heilfroh war, dass es gekommen war, wie es gekommen war. Frau Briller hatte nämlich schon lange Zeit auf die Nachfolge spekuliert. Das hatte der alte Briller mehrfach zu Sibylle Alt gesagt. Bei ihm klang das dann so: „Sibylle, wir zwei, wir sind ein Alter! Meine Frau, die hat mich doch nur wegen der Firma geheiratet". Sibylle Alt fand das uncharmant.

Erst als Eduard Kemp und Sibylle Alt sich nicht mehr so gut verstanden, hatte er ihr einen Umschlag gegeben: „Ich habe hier etwas, das solltest du dir ansehen und genau überlegen, was du tust!" Im Umschlag befanden sich Papiere mit Brillers Unterschrift und Datum seines Todestages, die bei den Ermittlungen damals als „unauffindbar" eingeordnet worden waren. Außerdem befand sich darin die Regalschraube, die er damals ebenfalls mitgenommen hatte. Eines stand fest: Er wollte ihr damit ganz deutlich zeigen, dass er sie in der Hand hatte! Was noch in dem

Umschlag war – und dies war der eigentliche Grund zur Besorgnis –, waren einige fast gestochen scharfe Fotos, die sie gemeinsam mit dem alten Briller erst am Laubenhaus, später streitend vor dem Firmensitz des Lesezirkels zeigten.

Eduard Kemp hatte ihr sehr deutlich zu verstehen gegeben, dass er vorhatte, sie anzuzeigen, wenn sie nicht bei ihm bliebe. Woher er die Fotos vom Tatabend hatte, das hatte Eduard Kemp ihr nicht verraten wollen: „Es tut nichts zur Sache, Schätzchen!“ Und dann hatte er noch gesagt, er hätte ihr wirklich einen besseren Geschmack zugetraut als „den mediengeilen Hermann Rintel!“

An dem Tag, an dem Eduard Kemp abends tot über seinem Aktenvernichter lag, hatte sich Sibylle Alt nachmittags noch mit ihm in einem Hotel getroffen. Kemp hatte dort zuvor ein berufliches Treffen mit einem Kunden. Eduard hatte ihr versprechen müssen, die Trüffel erst zu Hause zu essen. Damit sie sicher sein konnte, hatte sie ihm eine Tüte ohne Verschluss gepackt und eine zweite, die mit einem Bändchen verschnürt war, das er mit einer Hand im Auto niemals würde öffnen können.

Am nächsten Tag waren die Dinge bekanntlich auf eine Weise eskaliert, die sie schwindelig machte. Hermann Rintel hatte sie angerufen und angekündigt, er müsse die gemeinsame Reise nach Mangalore um eine Woche verschieben, weil, wie sie sicher wisse, Eduard Kemp ermordet worden sei. „Aber Sibylle, Schatz, du fliegst natürlich. Deine ganzen Sachen sind ja auch schon da!“, hatte er sie gedrängt. Sie hatte sich auf die Reise, die der Beginn des Auswanderns sein würde, gefreut. Sie hatte in den vergangenen Wochen ihre wichtigsten Dinge gepackt und die

Koffer aufgegeben. Die Wohnung war gekündigt, die verblassten Möbel sollte ein soziales Kaufhaus abholen. In Mangalore wollte Sibylle Alt ein Haus beziehen, das Rintel organisiert hatte und in dem sie sich selbst verwirklichen wollte. Sie dachte an Malkurse und ayurvedische Abnehmkuren, von denen sie in den bunten Blättern schon so viel gelesen hatte. Gut vorbereitet fühlte sie sich auch, weil sie gründlich die Pappschachteln ihres Yogi-Tees aus dem Reformhaus studiert hatte, die auf den Innenseiten gymnastische Übungen und Weisheiten abgedruckt hatten. Daran könnte sie anknüpfen, wenn sie in Indien all die Prominenten aus Deutschland treffen würde.

Nur dass sie allein fliegen sollte, war ihr ganz und gar nicht recht. Fast so wenig wie die Tatsache, dass ihre Mordstrüffel noch im freien Umlauf waren. Sie hatte sogar versucht, in die Wohnung von Ede zu kommen, zu der sie einen Schlüssel besaß. Oder ins Büro. Aber überall waren Mitarbeiter, Verwandte. Oder die Polizei. Es nutzte alles nichts. Auf ihrem Sofa schloss sie für einen Moment die Augen, denn sie hatte lange nicht geschlafen. Vor Edes Tod hatte sie nicht geschlafen, weil sie nicht wusste, ob ihr Trüffelplan mit Kemp aufgehen würde. Nun hatte sie nicht geschlafen, weil vielleicht jemand anderes an den Trüffeln sterben würde. In Mangalore würde sie nicht schlafen, weil Hermann nicht da war.

Ein letztes Mal schaute sie sich in ihrer Wohnung um, legte das Flugticket bereit. Für 16.30 Uhr hatte sie ein Taxi zum Flughafen bestellt und wäre dann erst mal weg. Ganz egal, wer bis dahin an Schokolade gestorben war oder sonst noch sterben müsste. Sie summte zur Beruhigung ein langes, dumpfes „Ommmm" und trug dazu einen schweren Duft, ein violettes Shirt mit Glitzersteinen und eine ausgewaschene D&G-Jeans, in der man sie von der Rückseite betrachtet für eine 18-Jährige halten konnte. Im Grunde war äußerlich gerade alles so wie neulich, als sie noch so naiv gewesen war zu denken, man könne sie gern als Tatverdächtige abführen und sie würde dann ein lokaler Medienstar werden. Der Unterschied zu vorgestern war: Diesmal läutete es wirklich an der Tür. Es war die Polizei.

Auf dem Flur stand der Kommissar, den sie aus der Tageszeitung kannte. Auf dem heutigen *Kurier*-Bild von der Pressekonferenz sah er etwas jünger aus und hatte weniger dunkle Augenringe als im Original. Sie mochte ihn gleich. Er erinnerte sie an George Clooney. Weniger ansprechend fand sie die Uniformierten rechts und links von ihm. „Sind Sie Sibylle Alt?", fragte Kai Ender. Sie bejahte. In den folgenden zehn Minuten setzen sie sich an den Tisch im Esszimmer. Kai Ender erzählte von der Schokolade und von Dirk Menke, von Eduard Kemp und fragte sie nach ihrer Apothekenausbildung.

Die Polizeikollegen, die gefragt hatten, ob sie sich kurz umsehen dürften, kamen mit einem Fläschchen wieder, uralt, aber mit einem Totenkopf darauf, und zeigten ein Flugticket nach Mangalore, datiert auf den heutigen Tag. Sie hatten es auf der Garderobe gefunden. Kai Ender sagte: „Mit der Reise heute wird es nichts. Wir nehmen Sie jetzt mit ins Präsidium, da können wir uns ausführlicher unterhalten." Sibylle Alt sagte nichts mehr. Nur, dass sie ihren Anwalt sprechen wolle. Als sie in den Polizeiwagen stieg, ahnte sie, dass sie bald wieder Lesezirkelkundin werden könnte, denn als sie aus dem Haus trat, gab es kein Blitzlichtgewitter, und ob sie sich die Haare gemacht hatte, interessierte niemanden. Es war auch kein Paul Sahner von der *Bunten* da, der rief „Frau Alt, was sagen Sie zu den Vorwürfen gegen Sie?"

Kai Ender, der mit seinem eigenen Wagen zu Sibylle Alt gefahren war, entschloss sich auf der Rückfahrt zum Kommissariat, bei Hank in der Wirtschaftsförderung anzurufen. Gut 40 Mitarbeiter arbeiteten dort für Hermann Rintel in einem der schönsten Häuser der Altstadt und mit Blick auf die Türmchen von Sankt Ambrosius, dem Schutzpatron der Krämer und der Imker, aber auch der Wachszieher, der Lebkuchenbäcker, der Bienen, der Haustiere und des Lernens.
„Das ist der gleiche Gemischtwarenladen, wie ihn heute die Wirtschaftsförderung betreut", sagte Pastor Lengmeyer gern süffisant bei öffentlichen Auftritten, denn er mochte es nicht, dass Hermann Rintel ausschließlich bei offiziellen Anlässen in seine Kirche kam und das Kreuzzeichen dann viel zu schnell und im Uhrzeigersinn machte.

Als im Telefon das Freizeichen ertönte, stellte Kai Ender sich vor, wie Hank gerade über eine Speisekarte für das nächste „JC"-Treffen grübelte oder überlegte, wie er 1A-Frauen in seine Aktivitäten einbinden konnte. Er erschrak ein bisschen, als sich statt Hank eine quäkige, hohe Frauenstimme meldete, die unsicher sagte: „Das tut mir leid, aber der Herr Kurtze, der musste mal." Pause. „Also der musste mal gerade raus." Pause. „Ach, da ist er ja. Dann stelle ich Sie jetzt sofort durch." Kai Ender war irritiert, und wäre er ein potentieller Firmengründer gewesen, dann hätte er direkt aufgelegt und den Kontakt zur Wirtschaftsförderung dieser Stadt erst wieder gesucht, wenn er im Bereich Bauchrednerpuppen expandieren wollen würde. Hank sagte fröhlich-förmlich: „Guten Tag, Herr Ender!" und fragte beiläufig, ob Kai gerade seine neue Kollegin am

Apparat gehabe hätte. Kai schwieg dazu und erzählte ihm in Kürze die Neuigkeiten von Dirk Menke und den Trüffeln, wollte aber vor allem wissen, ob Hank selbst noch etwas Wichtiges in Erfahrung gebracht hatte.

Hank hatte tatsächlich etwas herausgefunden. Er hatte herausgefunden, dass Hermann Rintel für den heutigen Tag einen Flug nach Mangalore in Indien gebucht hatte. Gegen Abend wollte er losfliegen. Es sei wohl einer dieser „Mischmasch-Termine von privat und geschäftlich, die extra nicht an die große Glocke gehängt werden, um keine schlafenden Hunde zu wecken“. Im Inland führten solche Reisen meist nach Berlin und beinhalteten Opernkarten oder „Geschäftsessen“. Hank sagte, er habe nur deshalb davon erfahren, weil er sich „echt ins Zeug gelegt hat“. Nach der hastigen Kopieraktion von gestern sei er vorhin erneut in Hermann Rintels Vorzimmer zur Frau Renzel gegangen. Er habe sich dafür sogar extra einige Fragen überlegt, „für alle Fälle, falls ich mal dem Rintel persönlich begegnet wäre“. Es sei dann aber alles so gekommen, wie von ihm gewünscht. Frau Renzel war allein im Büro, er habe sie erst um zwei, drei belanglose Kleinigkeiten gebeten. „Und dann Kai, dann habe ich einfach das Stichwort gesagt. Ich habe Indien gesagt. In-di-en!“

Hank hörte sich plötzlich an, als habe er etwas genommen, wollte aber wohl nur zum Ausdruck bringen, dass er eine Art Sesam-öffne-Dich-Parole gefunden hatte, die bewirkte, dass die Informationen aus Frau Renzel nur so herausgesprudelt waren. Erst habe sie ihm ganz allgemein ihr Leid über die Sprunghaftigkeit des Chefs geklagt, dann gemeckert über dessen chaotische Organisation, die sie seit

Monaten schon nicht mehr durchschaue. Zum Schluss habe sie regelrecht geflucht. Besonders darüber, dass sie die aufwändige Mangalore-Reise stornieren musste, weil Hermann Rintel verständlicherweise auf die Beerdigung von Eduard Kemp gehen wollte. „Wenn Frauen ins Schwatzen kommen", dachte Kai Ender und wurde langsam nervös.

Hank ergänzte mit der Beflissenheit eines ehrgeizigen Polizeischülers: „Meine Ermittlungen gehen noch weiter." Er berichtete, dass es eine Art *A-Team* in der lokalen Unternehmerschaft geben müsse – „eine geschlossene Gesellschaft, die sich etwa zu der Zeit gegründet haben muss, als es die Schlagzeilen mit dem Indien-Kamasutra-Quatsch gab." Frau Renzel habe ihm das „ganz im Vertrauen gesagt", und dass sie dazu bis heute sehr oft Anrufe von genau den Unternehmern bekäme, die damals als Erstes interessiert gewesen seien und die Rintel in der Angelegenheit *„Das weiß Ihr Chef dann schon selbst, Frau Renzel!"* sprechen wollten. Und der Kemp von Kuhne & Söhne, der sei auch regelmäßig darunter – „also darunter gewesen". Sie habe aber ziemlich schnell bemerkt, dass das alles Leute waren, deren Namen sie von einer ganz bestimmten Liste kannte, „auf der die ganzen Adressen unserer Lebensmittelfirmen standen". Rintel habe die Liste von langem einmal wie verrückt gesucht und getobt und gebrüllt, die dürfe auf keinen Fall jemand sehen und sie solle jetzt sofort alles danach absuchen. Sie habe die Liste dann tags darauf einfach so oben auf ihrer Ablage entdeckt. „Herr Kurtze, Sie dürfen das aber auf keinen Fall weitersagen!", hatte Frau Renzel Hank angemahnt und bot ihm dann recht überraschend an, sie könne ihm ja am besten auch eine Kopie davon geben, damit er mal schaue, was da eigentlich los sei. Denn wenn sich die Unternehmer schließlich auch anderswo so benähmen wie bei ihr am Telefon, dann sei die Wirtschaftsförderung bald überflüssig wie ein Kropf. Und dann würde sie gewiss arbeitslos und müsse dann schauen und weil sie doch alleinstehend sei, sei das alles ganz besonders betrüblich und so weiter und so fort.

Zum Schluss fragte Frau Renzel den Handelsreferenten, der ihr auf einmal so ganz vertraut vorkam, ob er denn zufällig eine Sibylle Alt kenne. „Warum fragen Sie?“ „Nur so“, habe Frau Renzel gesagt und sei dabei dunkelrot angelaufen. Keine Frage: Frau Renzel war redselig. Aber sie war nicht zu unterschätzen! Die Namensliste allerdings, die sie ihm gegeben hatte, die kannte Hank in groben Zügen. Es war die, die er selbst einmal zurück in ihre Ablage gelegt hatte.

Als Hank zu Ende erzählt und versprochen hatte, Kai die Liste zu faxen, sagte er ganz unvermittelt noch einen Satz: „Frau Renzel ist wirklich nett!“ Es klang, als würde das der Schlüssel zum Fahndungserfolg sein. Kai Ender war überrascht, weil Hank sonst nie „nett“ sagte, sondern höchstens kompetent, patent oder eloquent. Kai Ender sagte, er müsse jetzt Schluss machen. Er fragte sich, ob Frau Erkner und Frau Winkler aus der Registratur vielleicht auch alles kopierten, was ihnen in den Polizeiakten ganz besonders geheimnisvoll vorkam. Mit einem Mal war Kai Ender von Herzen froh, dass er kein eigenes Sekretariat hatte, weil man ein solches, das dämmerte ihm langsam, ganz offensichtlich nur mit bewaffneten Spezialeinheiten und Nacktscannern unter Kontrolle halten konnte.

An der nächsten Ecke hielt er kurz an, holte sich einen Kaffee ins Auto. Kai Ender rekapitulierte, was er bisher hatte. Dazu gehörte, dass Angelika Olm weit mehr wusste, als es anfangs den Anschein hatte. Sie kannte Eduard Kemp aus dem Effeff und sie wusste enorm viel über dessen Geliebte Sibylle Alt. Im Telefonat mit Hank war für ihn der Name Sibylle Alt eines der Schlüsselwörter. Für ihn bestätigte sich darin, was Angelika Olm nur angedeutet hatte und weswegen Hanks Kollegin Renzel sich so geniert hatte: Zwischen Sibylle Alt und Hermann Rintel lief etwas! Für ihn verdichteten sich zwei Gerüchte von zwei Chefsekretärinnen zu einem Indiz, dem man den Beweiswert einer DNA-Analyse zulassen kommen könnte. Für Kai Ender verfestigte sich außerdem der Gedanke, dass Sibylle Alt ihren langjährigen Geliebten Eduard Kemp loswerden wollte, um mit Hermann Rintel nach Indien aufzubrechen. Blieb nur eine Frage: Musste man seinen Verflossenen im 20. Jahrhundert, zumal wenn man die 50plus-Grenze bereits locker überschritten hatte, wirklich noch vergiften, wenn man sich von ihm trennen wollte? Die tödlichen Trüffel deuteten eher darauf hin, dass es da noch mehr gab, was die beiden verband. Es würde seine Aufgabe sein, herauszufinden, was das genau war.

Die Wahrscheinlichkeit, dass Sibylle Alt den Unternehmer geschreddert hatte, tendierte für Kai Ender gen null. Gleiches galt für die Annahme, dass es Sibylle Alt mit den Trüffeln auf Dirk Menke abgesehen hatte. Es musste noch eine zweite Achse des Bösen geben. Diese verband die Causa Kemp mit den eingefrorenen Ohren und höchstwahrscheinlich mit den dubiosen Indienmachenschaften der regionalen Unternehmer.

Angelika Olm hatte sich nach dem Gespräch mit dem hübschen Kommissar für den Rest des Tages ausnahmsweise einmal selbst freigegeben, da der Personalchef in Urlaub und ihr Vorgesetzter mordbedingt nicht mehr greifbar war. Ohnehin war ihr Arbeitsnachschub bereits bis auf wenige Vorgänge ausgetrocknet. Auf den Fluren standen fast von morgens bis abends Grüppchen. Sie tuschelten über „Entlassungen“ und „Kurzarbeit“. Schaute man sich das Chaos im Unternehmen näher an, so wurde nur allzu deutlich, dass Eduard Kemp zwar mit einem ewigen Leben für sich selbst geplant zu haben schien, dafür aber nicht den Ansatz eines Notfallplanes in der Schublade gehabt hatte. Was Kuhne & Söhne für den Eintritt unerwarteter Ereignisse bereithielt, war allein ein obligatorischer Erste-Hilfe-Kasten im Eingangsbereich, dessen Pflasterstreifen sich längst aufgerollt hatten, weil er dauerhaft in der prallen Sonne lagerte. Im Flurfunk der Kollegen hatte Angelika Olm immerhin aufschnappen können, dass sich ein Krisenstab gebildet habe, den – auch das noch – Dr. Struwe leiten würde.

Zu Hause googelte sich Angelika Olm auf den Spuren von Kai Ender durch das Netz. Richtig fündig wurde sie nicht, aber es gab einige Namensdoppel im Süddeutschen und eine Familie Ender, die einen Golden Retriever hatte, der „Kay“ hieß und dessen Foto sie sich ausdruckte, weil er so süß war und das Fell die gleiche hellbraune Farbe hatte wie die Hose vom Kommissar. Zweifellos, Kai Ender hatte sie um den Finger gewickelt, was sie, analytisch betrachtet, darauf schob, dass er ihr Kaffee eingegossen hatte, was sonst so gut wie nie jemand für sie tat. Für Angelika Olm stand fest, dass sie sich revanchieren und dazu einen Trumpf ausspielen wollte. Dieser Trumpf hatte mit Sibylle Alt zu tun, bei deren Namen sie stets an Libyen denken musste und die sie so wunderbar hatte vorführen können.

Um das befreiende Gefühl von vorhin weiter auszukosten, war sie bereit, finstere, nicht ganz unriskante Dinge aus ihrer Heimdetektei ans Licht zu befördern: Sie suchte die Fotos vom Abend heraus, als sie damals den Streit zwischen Libyen-Sibylle und dem alten Briller beobachtet hatte. Der Kommissar schien von der Sache noch nichts zu wissen. Sie hatte es ihm aber nicht *en passant* stecken können, weil sie ja längst selbst in die Sache verstrickt war. Sibylle Alt nämlich hatte mit den Beweisbildern vom Todesabend des alten Briller Eduard Kemp um eine niedrigere fünfstellige Geldsumme erpresst. Sie hatte Eduard Kemp ihre Fotografien vom Tatabend zugeschickt und dazu einige maschinenschriftliche Zeilen, in denen sie anmerkte, dass sie auch noch über Fotos verfüge, *„die Sie, Eduard Kemp, und die Dame auf beiliegenden Bildern am Tatort mit dem toten Geschäftsführer des Lesezirkels zeigen. Für den Fall, dass Sie meiner Zahlungsaufforderung keine Folge leisten, werde ich die Bilder der Presse zukommen lassen."*

In Wirklichkeit hatte Angelika Olm nur Fotos, auf denen man Sibylle Alt im Hause Briller erkennen konnte. Bilder, auf denen Eduard Kemp zu erkennen gewesen wäre, hatte sie wegen der schlechten Lichtverhältnisse keine. Aber, und das einte sie und ihren Chef, sie waren damals beide am Tatort gewesen, wussten beide, dass es solche Motive rein theoretisch hätte geben können, denn sie hatte Kemp ganz deutlich im Büro gesehen und auch die Libyen-

Sibylle und, logisch, den alten Briller, der zu diesem Zeitpunkt bereits tot am Boden gelegen hatte.

Der Geldbetrag war von Eduard Kemp ohne Zögern und Auffälligkeiten bei Angelika Olm eingegangen, die sich davon einen Fernseher, ein Laptop und eine neue Wohnzimmercouch gekauft hatte. Eduard Kemp war in den Wochen nach ihrer Erpressung wenig umgänglich gewesen. Über mehrere Wochen hatte er die gesamte Hauspost zur Chefsache erklärt. Die Poststelle und die Sekretariate frohlockten, weil sie weniger zu tun hatten. Ein Zustand, der sich schnell änderte, weil Kemp völlig überfordert war, wütend Rechnungen zerknüllte und Aufträge für Werbeflyer hielt und wegwarf. Die Telefone glühten, so viele Beschwerden gab es. Man hatte sich dann unter der Hand geeinigt, dass die Reinigungskolonne Kemps Papierkorb umfüllen und die Tüten zur Neusortierung in die Poststelle geben sollte, um möglichst wenig Schwund zu haben. Auf diese Weise waren allein die Unterlagen, die Kemp damals schredderte, für das Unternehmen verloren. Rein schicksalsmäßig betrachtet, gingen sie dem Chef einen Schritt voraus.

Angelika Olm druckte die Beweisfotos vom alten Briller und von Sibylle Alt sowie einen Zettel mit „ENDER – PERSÖNLICH! EILT! aus, packte und beklebte spurensicher ein Kuvert und warf es auf der Polizeiwache ein. Gerade als sie um die Ecke bog, sah sie Kai Ender am Kiosk gegenüber der Polizei. Er hatte sie zum Glück nicht mehr sehen können. Sie ihn zum Glück schon, und ihr Herz schlug schneller.

Kai Ender saß im förmlichen Verhör mit Sibylle Alt, als jemand den Umschlag hereinbrachte, der an ihn adressiert war. Er unterbrach kurz, ging in sein Büro und dann an den Kopierer, wo ein jüngerer Kollege hinzukam. Kai Ender sagte, er könne „die Bilder hier ganz fix mal in den Umlauf bringen". Der Kollege schaute verkniffen drein und antwortete: „Ähm, Herr Ender, das Bild da, das kenne ich doch schon. Das ist doch aus der Wohnung von dem Toten. Das hatte der Kemp doch in seinem Tresor." Kai Ender tobte innerlich, weil man ihm nichts davon gesagt hatte. Aber der Kollege war vielleicht schlicht zu jung – oder jung und zu schlicht –, um überhaupt etwas vom toten alten Briller zu wissen. Der Polizeikommissar nahm den Stapel Kopien, drückte sie dem Kollegen wütend gegen die Rippen, von wo sie wie ein Blätterregen auf den Boden segelten. „Ach, so ein Pech", sagte Kai Ender, drehte sich auf dem Absatz um und ging.

Zurück im Verhör konfrontierte er Sibylle Alt mit dem Inhalt des Umschlages. Sibylle Alt erkannte die Fotos aus dem Büro des Lesezirkels und von dem Gartenhaus sofort. Sie hatte immer vermutet, dass Eduard, bevor er sie selbst mit den Bildern unter Druck gesetzt hatte, selbst damit erpresst worden war. Eduard hatte dazu beharrlich geschwiegen, und auch ihre eigenen Erkundigungen waren ins Leere gelaufen. Sibylle Alt blickte ein zweites Mal kurz darauf und sah sich dann hilflos nach ihrem Anwalt um, der bislang noch gar nichts gesagt hatte, nun aber verdutzt schaute und endlich aufhörte, mit der Schnalle von seinem Filofax zu spielen, das vor ihm auf dem Tisch lag.

Er war in Gedanken gerade irgendwo im letzten Griechenlandurlaub, als Sibylle Alt, die sich immer schon über die Servicewüste Deutschland geärgert hatte, ihn aufforderte, er möge sie jetzt „gefälligst endlich einmal beraten!“ Der Anwalt, aus dem Tagtraum gerissen, warf ein unbeholfenes „Es kommt darauf an!“ in den Raum, bemerkte rasch, dass diese Standardfloskel hier ausnahmsweise nicht griff, und entschied sich für „Meine Mandantin möchte dazu grundsätzlich keine Aussage machen.“ Ohne ein „grundsätzlich“ gab es eben kein Atmen in der Jurisprudenz.

Verblüffend war, dass daraufhin ausgerechnet Sibylle Alt wutschnaubend den Kontakt zu Kai Ender suchte, ihn ansah und energisch darauf bestand, dass der Herr Kommissar ihr bitte glauben möge, dass sie von solchen Rechtsverdrehern wie diesem Exemplar neben ihr rein gar nichts halte – „und zwar grundsätzlich!“ Und sie holte noch weiter aus, schimpfte, der ganze Zinnober mit Anwalts Liebling und Anwalts Sonstwas, das sei vielleicht etwas für streitsüchtige Baumschüler, aber gewiss nichts für Damen wie sie. Der Herr Kommissar möge sich das doch nur einmal anschauen: „Ist das nicht krank, wie der an seinem Kalender rumfummelt?“ Kai Ender war perplex. Sibylle Alt holte dann sehr lange Luft – und sagte mit der nächsten Ausatmung überraschend ruhig und sehr akzentuiert, sie liebe Yoga, und das könne sie in den kommenden Jahren auch auf allerkleinstem Raum ausüben. Ihretwegen könne „der Mann da neben mit samt seinen Paragrafen jetzt entlassen werden“. Sie aber, sie wolle dem Polizeikommissar alles sagen, was sie wisse und getan habe. Alles.

Nach einigem Hin und Her blieb der Anwalt zwar, aber er gab sich aufmerksam und hielt die Hände gefaltet. Das Verhör zog sich bis in die Abendstunden und war ein Rundumschlag. Zusätzlich zu dem, was Kai Ender bereits ahnte, fand er dank Angelika Olms hilfreicher Zuarbeit heraus, dass Eduard Kemp Sibylle Alt in Sachen Briller massiv unter Druck gesetzt hatte, so dass sie letztlich nur noch einen Ausweg gesehen hatte: Sie wollte ihn mit den vergifteten Trüffeln entsorgen und dann für alle Zeiten nach Indien abtauchen. Dass man so schnell eine Spur zu ihr finden würde, hatte sie nicht vermutet, weil die Beziehung „doch so diskret war". Dass Eduard offenbar ein richtiges Plaudertäschchen war und ihr Liebesleben bis ins Detail vor der Sekretärin ausgebreitet hatte, entsetzte Sibylle Alt, aber das gab sie natürlich nicht zu. Stattdessen sagte sie, dass es ihr – „ehrlich, Herr Kommissar, ganz schrecklich leid tut mit dem armen Herrn Menke!"

In ihrem Geständnis nahm Sibylle Alt Hermann Rintel in Schutz. In den, sagte sie, sei sie „sehr verliebt", aber er habe von ihrer Beziehung zu Kemp so wenig gewusst, wie sie von seinen beruflichen Angelegenheiten wisse. Allein beim Wunsch auszuwandern, bei dem habe er sie unterstützt und ihr angeboten, sie könne in Mangalore seine „Verbindungsdame" werden. Sie habe sich darunter Empfänge mit bunten Blumenschalen und VIP-Feste vorgestellt, sich im Asiashop schon solche Glitzersteine für die Stirn gekauft, „Blindis oder wie die heißen". In der Sache Briller bestand Sibylle Alt darauf, dass es „ein tragischer Unfall war". Und mit dem Schredder, mit dem habe sie auch nichts zu tun, das sei doch „widerlich! Nicht wahr?"

Auf dem Weg nach Hause fuhr Kai Ender, der noch überhaupt nicht müde war, durch seine schlafende Stadt, aß kurz etwas bei einem Imbiss und fuhr vorbei an der Firma Lank, wo er in der Nähe zwei Frauen mit rosa Miniröcken und kniehohen weißen Stiefeln bemerkte, die aussahen, als hätten sie vormittags den Anschluss an ihre Majorettengruppe verpasst und sich nun im Gewerbegebiet Nord verlaufen. Zu Hause schaute er kurz fern, wusste, dass es ab morgen wieder ans Eingemachte ginge. Er würde sich darauf stürzen können, warum Kemp ein Ohr im Eisschrank hatte und warum es eine Nahaufnahme von einem zweiten Ohr gab, das irgendwann einmal auf Kemps Schreibtisch gestanden haben musste. Und schließlich war da auch noch Hermann Rintel, den sie unter die Lupe würden nehmen müssen.

Was ihm überhaupt nicht behagte, war der Gedanke, dass vielleicht Dirk Menke der Mörder von Eduard Kemp war und sie ihm das nun nie mehr würden nachweisen können.

Wie rasch sich die Ereignisse am nächsten Morgen weiterentwickeln würden, überraschte Kai Ender ein wenig. Nach einer kurzen Nacht bekam er gegen zehn Uhr einen Anruf von Dr. Depenbrock, einem Anwalt aus einer größeren Kanzlei in der Stadtmitte. Er habe einen Umschlag von seinem Mandanten Dirk Menke zur Verwahrung, der „im Falle eines Falles" an die Polizei gehen solle. Dr. Wilfried M. Depenbrock war der Rechtsanwalt, dessen abschätzige Bemerkungen über „POKs" und „POMs", Polizeioberkommissare und Polizeiobermeister, Kantinengespräch waren und Kai Ender gewaltig auf den Zwirn gingen.

Kai Ender kannte die Nummer mit den Hinterlegungen bei Rechtsanwälten bislang nur aus Krimis, hatte selbst aber noch nie erlebt, dass sich wirklich jemand posthum zu Wort meldete. Der Umschlag wurde ihm ins Büro gebracht, er zeichnete eine Empfangsbestätigung gegen und riss den Umschlag auf. Als erstes sah er etwas, das er schon kannte: Die Zahlentabellen, die er auf dem USB-Stick im Büro von Eduard Kemp gefunden und die Hank auch aus der Kemp-Mappe im Büro von Hermann Rintel kopiert hatte. Hier, meinte Kai Ender, waren die Daten noch umfangreicher und auch aktueller. Hinzu kam die sagenumwobene Liste mit den regionalen Firmen aus Hermann Rintels Büro, deren „Top secret"-Faktor nun endgültig ad absurdum geführt worden war. Doch dann blätterte Kai Ender weiter und fand die gleiche Liste noch einmal – diesmal versehen mit allerhand handschriftlichen Notizen, und oben drüber stand der Name „Rintel", der mit Kugelschreiberkringeln eingekreist war, als habe man ihm die

Umlaufbahnen eines Gestirns hinzufügen wollen. Während es bei Backmaschinen Lank und der Schinkenräucherei keine Notizen gab, stand bei der Blütengrund GmbH *„abgelaufene Produkte, Indien (Import: Billigrosen, Pestizide)“* Und bei Kemp las er *„Billigfleisch für Sojasuppen – vegetarisch wie Steak vom Kobe-Rind“*. Zur Gewürzfirma Spicy-Engels hieß die Notiz: *„Weiße Ware – heiße Ware! Nimm 'ne Nase, alter Hase“*. „Da ist es wohl mit ihm durchgegangen“, sagte sich Kai Ender, hielt die Aussage im Kern aber für „sehr brisant!“ Überhaupt taten sich für ihn mit einem Mal Zusammenhänge auf, wie er sie in dieser Form und in seiner Stadt nicht für möglich gehalten hatte. Wie es aussah, hatte sich der örtliche Mittelstand ein umsatzstarkes Paralleluniversum erschlossen, dessen Weltraumwart zu allem Übel der Vorsitzende der Wirtschaftsförderung war: Hermann Rintel.

Kai Ender trommelte einige Polizeikollegen zusammen, wollte Meinungen sammeln, warum wohl jemand nach seinem Tod eine „dörfliche India Connection“ auffliegen lassen wollte. Nach Mutmaßungen wie „da steckt bestimmt die Mafia dahinter“ oder überflüssigen Kommentierungen, dass in Marseille schon einmal vier Menschen zu Katzenfutter verarbeitet worden seien, meldete sich Martin Dorser zu Wort. „Aus meiner Sicht“, sagte der 23-Jährige, „gibt es nur zwei Varianten: Erstens deutet vieles darauf hin, dass Dirk Menke noch nicht fertig war mit seinen Recherchen bei den regionalen Firmen, aber weil er vielleicht fürchtete, jemand würde ihm auf die Schliche kommen, brachte er seine Informationen bei einem Rechtsanwalt in Sicherheit. Oder aber, zweitens, Dirk Menke erpresste selbst jemanden, rechnete mit Gefahren und/oder wollte der Sache durch die Hinterlegung der Schriftstücke Nachdruck verleihen, ohne dass er wirklich mit dem eigenen Tod rechnete. Herr Dr. Depenbrock ist schließlich Anwalt vieler Unternehmen. Vielleicht würde der ein oder andere beim Rechtsanwalt nachfragen, ob es sein könnte, dass da ein Umschlag bei ihm hinterlegt worden sei. Und dann könnte der Anwalt nicken, was für den Unternehmer heißen würde, Dirk Menke meint es wirklich ernst!“ Kai Ender fand den Gedankengang „konstruktiv“, zumal die Wortwahl von Martin Dorser mit seinem „und/oder“ fast literaturwissenschaftliche Qualitäten hatte. Die meisten dachten noch lange darüber nach, ohne genau zu verstehen, was er meinte.

Was die Polizeigruppe um Kai Ender bei ihrer Konferenz am Resopaltisch nicht hatte wissen können, war, dass Dirk Menke den Umschlag mit den kompromittierenden Unterlagen Rechtsanwalt Dr. Wilfried M. Depenbrock zu einem Zeitpunkt hatte zukommen lassen, als für ihn endgültig feststand, dass der Mittelstand in seiner Umgebung die Form eines Tintenfisches angenommen hatte, dessen Tentakel sich überall dorthin ausstreckten, wo Geld zu erwarten war: Nach Fördertöpfen. Nach Grenzwertigem. Nach Übersee. Nur in eine Richtung, da streckte sich der Oktopus nie. In Richtung derer nämlich, die in der zweiten Reihe saßen wie er selbst. Ganz fest war Dirk Menke in den vergangenen Jahren seiner Arbeit für die Kuhne & Söhne GmbH & Co. KG davon ausgegangen, dass es auch für ihn eine Mitgliedschaftsoption für die Spitze des örtlichen Unternehmerkonglomerats geben würde. Dass die mäandernde Bande dieses *Who's who* des

Business seiner Stadt aber in Wirklichkeit der Logik des indischen Kastensystems folgte, in dem er einzig durch eine schnellstmögliche Wiedergeburt hätte vorrücken können, das hatte Dirk Menke desillusioniert. Sein Ego – ansonsten so voluminös wie seine Oberarmmuskulatur – hatte durch diese Erkenntnis eine arge Zerrung erlitten. Ohne Frage: Es hatte gedauert, bis er in diesem Punkt klar sehen konnte.

Den ersten Schritt auf dem Weg zur unschönen Erleuchtung tat Dirk Menke nicht von selbst, denn begonnen hatte alles damit, dass Eduard Kemp ihn vor einigen Jahren – damals waren die Indienberichte in den Medien bereits wieder heruntergekocht – „in einer sehr vertraulichen Angelegenheit" in sein Büro bat. Für jemanden wie Eduard Kemp, der noch nicht einmal die Gesichter aller seiner Mitarbeiter kannte, war es eine höchst intime Geste gewesen, da er engere Kontakte für gewöhnlich scheute wie der Teufel das Weihwasser. Im Vieraugengespräch hatte der Geschäftsführer des Tiefkühlhauses Dirk Menke zunächst salbungsvoll zu verstehen gegeben, wie sehr er ihm vertraue und dass er ihn gerne in eine „sehr", er sagte es zweimal, „sehr exklusive Sache" involvieren wolle – „eine Sache allein zwischen Ihnen und mir und unserem Herrn Rintel, dem guten Geist unserer regionalen Wirtschaft!" Eduard Kemp hatte Dirk Menke dabei für seine Verhältnisse geradezu angekumpelt, hatte sich weit nach vorn zu ihm über den Schreibtisch gebeugt, seine Hände flach auf die Messingbeschläge seiner Schreibtischunterlage gelegt und fast freundschaftlich Sätze gehaucht wie „Wir brauchen solche Männer wie Sie, auf die Verlass ist." Oder: „Sie sind schon so lange mein bestes Pferd im Stall."

Dem testosterongesteuerten Dirk Menke war die Situation mit jeder Silbe aus dem Munde seines Arbeitgebers unangenehmer geworden, zumal niemand im Hause etwas über Kemps Privatleben wusste. Auch über das von Hermann Rintel gab es allein wüste Spekulationen, die sich von Reisen mit Jagdfreunden nach Polen bis hin zu Schiffsparaden in Amsterdam spannten, auf denen er angeblich entfesselt die Buchstabenformation YMCA getanzt haben soll. Dirk Menke hatte die Arme verschränkt, ein Bein über das andere geschlagen und dann komplett aus dem Zusammenhang gerissen laut und deutlich gesagt: „Fußball, das ist mein Leben!“ Er meinte, damit sollten seine sexuellen Vorlieben dann ja wohl ein für alle Mal geklärt sein.

Eduard Kemp musste jedoch in eine ganz andere Richtung gedacht haben, als er mit ihm sprach, denn er setzte sich ruckartig wieder gerade in den fettgepolsterten Chefsessel und fragte: „Wie kommen Sie denn jetzt auf Fußball?“ Es handelte sich damals, das stellte sich in der weiteren Unterredung schnell heraus, nicht um doppeldeutige Avancen, sondern um knallharte geschäftliche Fakten: Eduard Kemp weihte ihn an diesem Tag in sein in jeder Hinsicht nicht koscheres Indiengeschäft ein, benötigte damals dringend „einen Mann aus der Praxis, mutig und flexibel, mit Kraft und Kopf, der Lust hat, auch in den Produktionsbereich einzusteigen“.

Am Ende Gespräches hatte Eduard Kemp das „Triumvirat Kemp Rintel Menke!“ ausgerufen, eine „erfolgsabhängige Ausgleichszahlung“ in Aussicht gestellt und gefordert, er möge den direkten Kontakt zu Hermann Rintel jedoch bitte dringend vermeiden, da es bei Herrn Rintel eher um eine stille Beteiligung gehe. Dann hatte Eduard Kemp Dirk Menke zum „AibA“ ernannt, zum „Außenwirtschaftsbeauftragten in besonderen Angelegenheiten“, und ihm ein Schweigegelübde abgenommen, nach welchem der Vertriebsleiter felsenfest davon ausging, höheren betrieblichen Weihen würde fortan nichts mehr im Wege stehen. Und dann war doch alles ganz anders gewesen, als er, Dirk Menke, sich das gedacht hatte.

Was Eduard Kemp seinem Vertriebsleiter von diesem ersten Tag ihrer Zusammenarbeit an nämlich verschwiegen hatte, war, dass Kuhne & Söhne bei weitem nicht die einzige Firma vor Ort war, die ihren Blick gen Süden richtete. Es gab ein umfangreiches Indiennetzwerk mit regem Im- und Export all der Dinge, mit denen gut & günstig Geld verdient werden konnte.

In den Jahren darauf hatte Dirk Menke seine Aufgaben als „Außenwirtschaftsbeauftragter in besonderen Angelegenheiten“ gut gemeistert, war firm in Mangalore-Lieferungen, die ohnehin bereits neutral deklariert waren, wenn sie das Unternehmen erreichten. Er gliederte die Sonderlieferungen ohne großes Aufsehen in die Produktionsprozesse ein. Meist waren es dubiose Billigzutaten wie abgelaufene Nudeln, Fasern von Muskelfleisch oder irgendwelche granulierten exotischen Tiere, die zur Verbesserung der Konsistenz oder Würzung besonders in die vegetarischen Eigenprodukte von Kuhne & Söhne eingerührt wurden. In der Sache hatte Dirk Menke nie Skrupel gehabt. Vegetarier waren für ihn „Perverse“, und außerdem hatte Kemp ihm einen „Raum für Sonderangelegenheiten“ eingerichtet, an dem er das Schild „Unbefugten ist der Zutritt verboten“

anbringen durfte. Dirk Menke fühlte sich wichtig. Eduard Kemp wusste sehr wohl um diese vielleicht günstigste und wirkungsvollste Maßnahme der Personalbindung.

Vor rund drei Monaten dann wurden die routinierten Abwicklungen durch den „AibA“ erschüttert. Wieder einmal hatten Kuhne & Söhne-Mitarbeiter Dirk Menke eine Lieferung in seinen „Sonderraum“ verfrachtet, wobei das erste Auffällige daran war, dass es sich dieses Mal nicht um Waren aus dem hinteren Teil eines Überseecontainers, sondern um eine Fischlieferung handelte, die per Flugzeug aus Indien angekommen war. Die überdimensionierten Styroporkartons wurden zwar strenger kontrolliert als Schiffscontainer, aber dafür rochen die Spürhunde seltener solche Sachen heraus, die nicht Fisch waren. „No risk, no fun“, mochte sich der indische Absender gedacht haben, wobei das *risk* relativ gering war, da Hermann Rintel eine enge Verbundenheit zum Hauptzollamt pflegte. Wenn etwas aufflog, dann Harmloses und auch nur deshalb, weil es wohl kaum etwas Verdächtigeres gab als ein Zollamt ohne Asservatenkammer.

Dirk Menke öffnete damals den Styropordeckel und schaufelte mit der Hand Eis beiseite. Was er freilegte, war – ein veritabler Nashornkopf! Dirk Menke schwankte zwischen Erstaunen und Irritation, war zuletzt als Kind im Zoo gewesen. Als der Vertriebsleiter noch mehr Eis aus den Kartonecken entfernte, raschelte es. Er war auf eine hart gefrorene Plastiktüte gestoßen, deren Inhalt sich steif, aber doch rundlich anfühlte. Er holte eine Schere und schütte den Inhalt vor sich aus. Ohren! Vor ihm lagen sechs gefrorene menschliche Ohrmuscheln! Aus Mister Cool wurde

Mister Hot, dem der Schweiß von der Stirn lief und der sich setzte und schluckte. Mit einem Paketmesser schob er vier Ohren wieder in die Tüte, holte zwei Kartons Mirabellensorbet, in die er sich Grünkohl abgefüllt hatte, und schob je ein Ohr auf jeden der Kartons, um zu überlegen, was zu tun sei. Er wollte einen Vorteil daraus ziehen, das stand sofort fest und war unauslöschlicher Bestandteil seiner Wesensart. Wie er vorgehen würde, wollte er später entscheiden.

Weil an diesem Tag ganz besonders viel zu erledigen war und Frau Olm ihm gesagt hatte, Herr Kemp sei auf einer Dienstreise, entschied sich Dirk Menke, den Karton per Stapler in eine hintere, selten genutzte Ecke des Hochregal-Tiefkühllagers zu verfrachten. Dort brachte er ein Sperrband und einen großen Zettel mit „CHEFSACHE!“ an. Was an anderen Orten Neugier geweckt hätte, bot in dieser Firma höchste Sicherheit, denn wenn sich Dirk Menke in seinem Arbeitsbereich auf etwas verlassen konnte, dann darauf, dass sich um Dinge, um die sich bei Kuhne & Söhne niemand kümmern *musste,* bei Kuhne & Söhne auch wirklich niemand kümmerte. Seine zwei Ohrenpakete stellte er in den Eisschrank in seinem Büro.

Am Tag nach dieser Sonderlieferung war Dirk Menke außergewöhnlich früh ins Unternehmen gefahren. Zu einer Zeit, in der Kemp gerne Gespräche führte, von denen seine Sekretärin Frau Olm, eine „einfache, aber wirklich treue Seele“, wie er gern betonte, am besten weniger als nichts mitbekam. Dirk Menke hatte die beiden präparierten Kästen Mirabellensorbet unter dem Arm. Mit Grünkohl darin. Und je einem Ohr als Fleischbeilage. Es war der Tag vor Hermann Rintels Geburtstag, denn auf Kemps Schreibtisch lag der *Kurier,* der unter großer Überschrift einen fünfspaltigen Vorbericht samt einem Dutzend Fotos abdruckte.

Der Hausherr Eduard Kemp schwieg, als Dirk Menke ihm von seiner Post erzählte und verkündete, bisher sei alles zu seiner Zufriedenheit verlaufen, aber hier müsse nun schon etwas mehr geschehen, „wenn die Vorfälle unter uns bleiben sollen". Eduard Kemp, den mancher unterschätzen mochte, weil er durch sein Misstrauen manchmal weltfremd und abwesend wirkte, war nichtsdestotrotz gewiefter als viele andere regionale Unternehmer. Er war nicht umsonst Hermann Rintels zweite Hand in den Indienangelegenheiten geworden, denn sein Verstand schaltete in unerwarteten Situationen gern drei Gänge schneller auf Trickbetrügermodus um. Er tat deshalb vordergründig nur drei Dinge, als ihm Dirk Menke zu dieser frühen Stunde mit einem Ohr auf Grünkohl gegenübersaß und Forderungen stellte. Erstens: Eduard Kemp sagte ihm, er werde sich kümmern. Zweitens: Er sagte ihm, sie müssten jetzt noch enger zusammenhalten. Drittens: Er versprach ihm eine angemessene Sonderprämie.

Gegenüber seinem Vertriebsleiter konnte Eduard Kemp *„die Sache"* auf diese Weise vorerst in Schach halten. In Wirklichkeit wusste Eduard Kemp sehr wohl, was es mit dem Nashornkopf auf sich hatte. Aber die Ohrenbeigabe, die war für ihn *„mal wieder typisch Inder!"* Er würde aber versuchen auch daraus das Beste zu machen. Schon im Gespräch mit Dirk Menke hatte er eine erste zündende Idee. Mehr noch, denn würde er diese Idee umsetzen, dann wären die Ohren ein Wahnsinnsglückstreffer für ihn! Ein Sechser im Lotto sozusagen! Wenig später, das Gespräch zwischen Eduard Kemp und Dirk Menke war fast beendet, war wie jeden Morgen Frau Olm mit einem Kaffeetablett hereingetreten. Kemp hatte sie barsch abgewiesen mit „Gefälligst nicht jetzt, Frau Olm!" Danach rauschte er zur wöchentlichen Besprechung mit Hermann Rintel. Ohne das Ohrenpaket, weil er bloß nichts überstürzen wollte. Dass Angelika Olm das Ohr zwischenzeitlich fotografieren und sich noch mehr Mitarbeiter dafür interessieren würden, wäre Eduard Kemp nie in den Sinn gekommen.

Den weiteren Tag und fast die gesamte Nacht über hatte Eduard Kemp in seinem Büro gegrübelt, wie er am geschicktesten vorgehen könnte. Am kommenden Tag, es war Hermann Rintels Geburtstag, war der Tiefkühlchef samt Mirabellensorbet zum obersten Wirtschaftsförderer ins Büro gestürmt, hatte unterkühlt gratuliert und dann die *Indische Mafia* aus dem Ärmel gezaubert. Sie war Teil einer finsteren Geschichte, die Eduard Kemp sich zurechtgelegt hatte, in der er den Nashornkopf jedoch komplett verschwieg. Dafür erzählte er viel von Bedrohungen und Schutzgeldforderungen, beschrieb krude, blutige Szenarien aus ähnlichen Städten, in denen es angeblich bereits Unternehmer ohne Ohren gab. Es waren natürlich allesamt Räuberpistolen. Hermann Rintel schmunzelte mild. Allerdings nur bis zu dem Moment, in dem Eduard Kemp mit einem trocken-knackenden Plastikgeräusch den Deckel seines unschönen Mitbringsels lüpfte und Rintel vor die Nase hielt. Hermann Rintel erschrak sichtlich, legte seine Stirn in Falten. Als er sich wieder gefasst hatte, reagierte er ernst.

Ernster sogar, als Eduard Kemp es sich vorgestellt hatte. Rintel berief noch für denselben Abend eine Sondersitzung des örtlichen Indiennetzwerkes ein. Alle waren sie gekommen. Der Chef von Blütesk, Herr Lank von den Backmaschinen, Herr Engels von der Gewürzfirma und viele mehr. Den geplanten Empfang zu seinem Geburtstag hatte Rintel damals abgesagt. Die lokale Weltpresse und ihre Zentrale beim *Kurier* waren besorgt, fanden aber trotz intensiver Nachforschungen auch an den kommenden Tagen rein gar nichts als Grund für die Absage seines Banketts heraus, was eindrucksvoll für den lückenlosen Zusammenhalt des Indiennetzwerkes und dessen totale Verschwiegenheit sprach.

Eduard Kemp wiederholte auf Wunsch beim abendlichen Unternehmertreffen die Eckdaten der Schutzgelderpressung durch die *Indische Mafia,* zeigte den Geschäftsführerkollegen die „unappetitliche Lieferung". Viele der Mitglieder reagierten verstört, wollten „mit sofortiger Wirkung kündigen". „Aber, meine Damen, meine Herren, hier geht es nicht einfach nur darum, den Handyanbieter oder den Golfclub zu wechseln!", mahnte Hermann Rintel. Er konfrontierte sie mit den bestehenden Verträgen, Liefer- und Abnahmeverpflichtungen, und es gelang ihm gemeinsam mit Kemp, die Gruppe wieder einzunorden. Rintel warf sich besonders ins Zeug, weil Eduard Kemp ihm eben dies zuvor ganz dringend ans Herz gelegt hatte: „Die Nachahmer sizilianischer Bandenkrimineller", so hatte er Rintel versichert, „reagieren auf plötzliche Rückzüge überaus empfindlich." Ratsam sei ein langsamer Ausstieg – „etwa nach einem halben oder einem Jahr".

Rintel hatte sich das gut eingeprägt und schwor seine lokale Indiengruppe auf ein weiteres Jahr des „vertrauensvollen Netzwerkens" ein. Für diese „kommende, harte Zeit", so versprach Hermann Rintel, wolle er alles daran setzen, neue Fördertopfe aufzutun, aus denen das Gros der Schutzgelder gezahlt werde könne: „Ich verspreche Ihnen, liebe Freundinnen und Freunde, dass sich die Zusatzbelastungen für Sie in einem äußerst moderaten Rahmen bewegen werden." Für die Abwicklung und Auszahlung hatte sich ebenfalls der Tiefkühlmogul Kemp ins Spiel gebracht. Die „abgeschnittenen Lauscher" seien schließlich bei ihm gelandet und er verfüge mit Herrn Menke über einen sehr durchtrainierten Mitarbeiter, der dem „klein gewachsenen, aber nicht zu unterschätzenden Menschenschlag gut gewappnet sein sollte".

Dass die Unternehmer Dirk Menke persönlich in der Angelegenheit ansprachen, das verbat sich Eduard Kemp aber ausdrücklich. Er würde „viel Wert darauf legen, seinen besten Mann in dieser harten Zeit nicht zusätzlich mental zu belasten".

Jemand aus dem Unternehmerkreis fragte, ob es ratsam sei, sich eine goldene Winkekatze ins Fenster zu stellen, als Zeichen, dass Schutzgelder bezahlt würden. Ein Herr ganz hinten im Raum lachte laut auf, verstummte aber augenblicklich, als sich ihm knapp zwei Dutzend bitterböser Mienen entgegen drehten.

Als Eduard Kemp nach der Versammlung nach Hause kam, löste er das Ohr aus dem eh schon halb aufgetauten Grünkohl, zerhackte es in kleine Stücke und streute die Stücke in den Teich hinter seinem Haus. Er fühlte sich großartig. Der Abend war ihm ein innerer Parteitag. Endlich hatte er Hermann Rintel einmal zeigen können, wer wirklich das Blatt in der Hand hielt. Wie überfällig das war! Eduard Kemp hatte nämlich wenige Tage zuvor herausgefunden, dass sich da etwas anbahnte zwischen seiner Geliebten Sibylle Alt und seinem Indienkompagnon Rintel. Eduard Kemp war der Affäre auf die Schliche gekommen, weil ihm, dem ewig Misstrauischen, Sibylles Terminkalender zu voll vorgekommen war und die Zeit, die sie für ihn hatte, zu knapp. Er hatte daraufhin den Privatdetektiv Sander eingeschaltet, der gelegentlich für ihn arbeitete, wenn es im Unternehmen „Materialschwund" gab, weil zu viele Mitarbeiter Kuhne & Söhne als Essensausgabe betrachteten. Als der Detektiv nun erstmalig in Sachen „Liebesschwund" fündig geworden war, da hatte sich Kemp eines geschworen: „Rintel, du liebestolles Erdmännchen, das zahle ich dir heim!"

In den folgenden Wochen nach der Nashornkopf-/Ohren-Lieferung und der Eilsitzung des Indiennetzwerkes waren die Dinge bei Kuhne & Söhne ihren sozialistischen Gang gegangen. Neue Fördertöpfe waren aktiviert worden, das Schutzgeld ging pünktlich via Hermann Rintel bei Eduard Kemp ein und irgendwann in diesen Wochen zeigte Eduard Kemp seiner Sibylle erstmals die Fotoaufnahmen vom Lesezirkelabend, mit denen er vor längerer Zeit schon erpresst worden war. Um der Sache mehr Nachdruck zu verleihen, legte er den Fotos noch eine winzige Schraube und die zwei Rechnungen bei, die er damals eigenhändig aus dem Büro des alten Briller mitgenommen hatte. Das sollte ja wohl genügen, damit sie ihn nicht verlässt!

Eduard Kemp wog sich in Liebes- und Finanzangelegenheiten in Sicherheit, strich gern und häufig über die Glaskugel auf seinem Schreibtisch. Doch der Schein trog.

Als Hermann Rintel erfuhr, dass Dirk Menke tot in einer Rührschüssel der Bäckerei Lank gefunden worden war, war er gerade zu Gast in einer Feierstunde für Berufsbeste in der örtlichen Handwerkskammer. Duzfreund Erhard Lank persönlich hatte ihm die SMS mit der Todesnachricht gesendet und um Rückruf gebeten.

Erhard Lank gehörte zu den Unternehmern im lokalen Indiennetzwerk, die seit der Schutzgeldzahlung besonders besorgt waren. Schon als sich zwei Tage zuvor die Todesnachricht von Kemp wie ein Lauffeuer in der Unternehmerschaft verbreitet hatte, hatte Lank als einer der Ersten bei Rintel angerufen und mit Panik in der Stimme gesagt: „Drei Monate hatten wir Ruhe seit dem Ohr und jetzt schlägt die *Indische Mafia* mit ganzer Härte zu!" Kemps sinnloser Tod über dem „Super S 343", das sei gewiss der Anfang neuer Drohgebärden von „er wisse schon, wem". Das klang nach Harry Potter, aber tatsächlich erschien auch Hermann Rintel der Tod von Eduard Kemp in Geste und Symbolik mehr als eindeutig: „Erst die Ohren. Nun das!" Untrügliches Zeichen dafür, wie sehr auch er sich fürchtete, war die Tatsache, dass Hermann Rintel seither bei jedem Fototermin anderen Gästen den Platz in der ersten Reihe anbot. Falls einmal jemand auf ihn schießen sollte.

Hermann Rintel verließ die Bestenehrung der Handwerkskammer vorzeitig, als der Kammerpräsident begann, die Namen der Auszubildenden aufzurufen und 84 schwitzige Absolventenhände zu schütteln. Aus dem Auto rief er sofort Erhard Lank zurück, der ihm beschrieb, dass Menke kopfüber in einer Rührschüssel gelegen habe – „vermutlich vergiftet!" „Ausgerechnet der Menke. Und so kurz nacheinander", jammerten sie. Hermann Rintel ging dann nicht weiter auf Lank ein, sondern begann zu erzählen, dass Dirk Menke direkt am Morgen nach Kemps Tod bei ihm vorstellig geworden sei: „Ich habe den erst für einen gehalten, der ein Fitnessstudio eröffnen will. Hab gesagt ‚Zur Gründerberatung? Eine Etage höher, erste Tür links!' – Ich kannte den Menke ja nur vom Hörensagen. Also ich hatte mir Eduards Mitarbeiter anders vorgestellt."

Dirk Menke habe zu ihm gesagt, „Herr Rintel, seien Sie unbesorgt!" Dass sein Chef gestorben sei, das sei ganz sicher nicht das Werk der *Indischen Mafia*, denn die Indische Mafia, die gehe professioneller vor, die würde niemals Super-Schredder „made in Korea" für einen Mord benutzen: „Viel zu primitiv!" Rintel erzählte dem Chef der Lank Backmaschinen für Bäckereien-Fabrik dann am Telefon noch, dass Menke sehr professionell aufgetreten sei, unterwürfig, aber mit vielen Ausrufezeichen sprach. „Nein!", habe er gesagt, „die Polizei, die dürfen wir nicht einschalten! Die Schutzgeldzahlungen müssen weitergehen! Gerade jetzt! Die Inder fahren sonst andere Geschütze auf! Die vergiften uns die Lebensmittel!" – „Dirk Menke bot mir dann an, er könne Kemps Platz in unserem Indiennetzwerk einnehmen. Ich habe zugestimmt", sagte Hermann Rintel zu Erhard Lank. In der Sache aber, da habe er sich gewundert, wie viel Dirk Menke „über uns wusste, Erhard!" Kemp jedenfalls habe ihm nie gesagt, dass er die „vierte Führungsebene", wie es Rintel äußerst abschätzig bemerkte, in die Schutzgeldaffäre eingeweiht habe. Und dieses dauernde „wir", von dem Menke gesprochen hatte, das habe ihm auch gar nicht behagt.

Erhard Lank hatte Hermann Rintels Redefluss die ganze Zeit über nicht unterbrochen. Zuerst, weil er über Dirk Menkes Auftauchen erstaunt war. Danach, weil Rintel die Worte „Lebensmittel“ und „vergiften“ verwendet hatte. Ab da war im Grunde alles weitere an Erhard Lank vorbeigerauscht. Lank sagte zu Rintel: „Es passt alles! Dirk Menke ist an vergifteten Lebensmitteln gestorben, Hermann! Trüffel, meint die Polizei. Abgepackt in einem kleinen Tütchen mit Schleife. Das muss die Mafia gewesen sein!“ Nun wiederum schwieg Rintel. Er dachte an Sibylle, und auch wenn er selbst nichts von deren Beziehung zu Eduard Kemp wusste, so wusste er doch von ihrem Faible für genau diese Süßwaren und Verpackungsvorliebe. Hermann Rintel beendete das Gespräch abrupt.

Dr. Uwe Struwe hatte die wenigen Tage seit dem Mord damit zugebracht, die Polizei zu unterstützen, wo er konnte. Er gefiel sich als kluger Hilfssheriff, gab sich Mühe, die Aufmerksamkeit auf die Konkurrenz und auf einen Außendienstmitarbeiter aus dem eigenen Hause zu lenken, der ihm neulich eine hässliche Delle in seinen BMW gefahren hatte. Fast so eifrig wie Frau Olm bot Dr. Struwe den Ermittlern Unterlagen an.

Darüber, selbst ins Visier der Polizei zu geraten, machte sich Dr. Uwe Struwe keine Gedanken. Brenzlige Dokumente lagerte er schon lange in einem Depot ein, hatte im Grunde immer darauf spekuliert, Thronfolger zu werden. Ginge alles gut, würde er sich den „Super S 343" als übergroße Devotionalie in Plexiglas gießen lassen. Kemps Tod sollte seine Chance werden! Wirklich und wahrhaftig in Verzücken versetzte ihn aber das unerwartete und reibungslose Ableben von Dirk Menke. Als er davon hörte, hatte ihn ein nicht gekannter Temperamentsausbruch übermannt: Er war in seinem Büro entrückt schnaubend aufgestanden, war auf der Stelle von einem Fuß auf den anderen getreten, hatte die Arme angewinkelt und albern wie ein hüftsteifes Duracell-Häschen in die Hände geklatscht.

Im nächsten Moment war jemand, ohne anzuklopfen, zur Tür hereingekommen, hatte die Augen weit aufgerissen und die Tür in Nullkommanichts wieder zugezogen. Ebenso hatte Dr. Struwe die Augen weit aufgerissen und sich in Nullkommanichts zurück auf seinen Stuhl gesetzt, als sich die comicartige Szene wiederholte. Diesmal mit Anklopfen. Der Mitarbeiter, der Dr. Struwe binnen Sekunden einmal so und einmal anders gesehen hatte, meldete sich am nächsten Tag krank.

Dr. Uwe Struwes Anstellung bei Kuhne & Söhne baute in großen Teilen auf seiner Promotion auf, die den Titel trug: „Verlässliche Zahlungsketten unter Berücksichtigung von Extremsituationen und im besonderen Zusammenwirken mit der Geschäftsführung." Schnell hatte sich herausgestellt, dass Eduard Kemp sich darunter etwas Praxisnäheres vorgestellt hatte, „etwas Reelleres, aber doch nicht so ein theoretisches Zahlengeschwafel, Herr Struwe." Dr. Uwe Struwe wusste zwar nicht, was „theoretisches Zahlengeschwafel" sein sollte, begriff aber schnell, dass mit seinem eigenbrödlerischen Chef nicht gut Kirschen essen war. Auch hatte der Finanzleiter schnell durchschaut, dass Eduard Kemp ihm den Schlüssel für den Schrankbarausgang durch dessen Büro allein aus Eigennutz gegeben hatte, damit Papiere ohne viel Aufhebens entsorgt werden konnten.

Auf was sich der Promovierte verlassen konnte, war aber Kemps Prämiensystem: Je mehr Ungereimtheiten er in den Finanzen des Hauses entdeckte, desto besser wurde er von seinem Arbeitgeber entlohnt. Gleiches galt für die häufigen Bitten seines Chefs, diesen oder jenen Betrag „steuerfrei anzulegen. Sie wissen schon!" Immer wieder aber hatte Kemp ihn gebeten, „die Dinge doch endlich einmal eigenständig zu glätten". Doch warum sollte er das tun, solange Extra-Funde auch Extra-Cash bedeuteten?

Dass er sich bei Kuhne & Söhne nicht wegen seiner Kreativität beworben hatte, daraus hatte er schon seit seiner Bewerbung kein Geheimnis gemacht. Wo Dr. Uwe Struwe das Gen für Lässigkeit fehlte, hatte sich das für die Verbissenheit umso breiter gemacht. Dr. Struwe konnte sich in Zahlenfehlern verhaken wie ein Kampfhund in sein Opfer. Kemps „Fehlerfindungsprämien“ befriedigten ihn deshalb zwar rein materiell. Was ihm aber keine Ruhe ließ, war, Gründe für die widerwärtigen Rechenfehler und Beschönigungen zu finden. Irgendwann begriff er außerdem, dass sich hinter jedem dieser zwei Faktoren etwas verbarg, das potentiell dazu geeignet war, ihm seinen Karriereweg zu ebnen. Um seinen Wissensdurst zu stillen, benutzte Dr. Uwe Struwe gern den Hintereingang durch die Schrankbar in Kemps Zimmer, obwohl ihm das in dieser Richtung strikt verboten war. Aber: Er hatte dort schon einiges Verdächtiges gefunden, war vor langer Zeit erstmalig auch auf ein Indiennetzwerk aus regionalen Unternehmern aufmerksam geworden. Irgendetwas musste da im Busche sein.

Bestätigung dafür bekam Dr. Uwe Struwe auf unerwartete Weise, als er sich vor rund drei Monaten an einem Donnerstag früh morgens auf den Weg zu Eduard Kemp machte, der an diesem Wochentag niemals im Hause war, weil er sich dann regelmäßig um 8.15 Uhr mit Hermann Rintel von der Wirtschaftsförderung traf. Das war ehernes Gesetz und galt sogar für Feiertage. Dr. Struwe hatte die umfassende Vorablobhudelei für Rintels nahenden Geburtstagsehrentag bereits beim Frühstück im *Kurier* gelesen.

Dr. Uwe Struwe war an diesem Vorgeburtstagsmorgen angerückt, um sich in Kemps Büro auf den neuesten Stand zu bringen. Er war dazu durch den Hintereingang hineingegangen und wartete darauf, kurz nach acht Uhr ins Büro gehen zu können. Er hatte damals die Tür bereits vorsichtig geöffnet und Kemps und Dirk Menkes Stimmen erkannt, traute sich aber nicht näher heran. Ihm war, als habe Kemp auch mit Menke ein Sonderprämienmodell laufen. Irgendwann hatte Kemp „Gefälligst nicht jetzt, Frau Olm!" gebrüllt. Als es still wurde, hatte er in Kemps Zimmer gehen wollen, hörte jedoch, wie die Tür des Vorzimmers aufging. Er tippte auf Angelika Olm, erkannte sie, weil sie ein kurzes, hohes „Bäh!" ausstieß. Er wurde mutiger, lehnte das Ohr an die Rückseite der Barschranktür, hörte, wie sie Mobiliar öffnete, tippte auf den Eisschrank. Er hörte auch, wie sie aus dem Zimmer ging, aber gleich wiederkam, sah es ein paar Mal durch den winzigen Spalt zu Kemps Büro blitzen. Danach hatte sie die vordere Tür des Barschrankes geöffnet. Dirk Menke hatte sich enorm erschrocken, doch Angelika Olm bemerkte noch nicht, dass die Tür nur anlehnte, sondern ließ Flaschen klirren: Das alternde Fräulein schien sich einen zu genehmigen! Im nächsten Moment hatte sie dann die Tür zugestoßen. Dr. Uwe Struwe geduldete sich damals noch etwas, öffnete die Tür erneut, als die Luft rein war, weil Angelika Olm aus ihrem Vorzimmer Richtung Flur verschwunden war und hinter sich abgeschlossen hatte.

Dr. Uwe Struwe nutzte die Gunst der Stunde. Eigentlich wollte er nur ein wenig stöbern, aber es schien heute mehr zu entdecken zu geben. Er ging zum Eisschrank, weil der unten noch leicht beschlagen war. Er griff sofort zum ungewöhnlich dunklen Mirabellensorbet und schaute hinein. Er sah ein Ohr. Ihn gruselte. Er stellte den Kasten zurück. Dann hörte er, plötzlich sehr schreckhaft geworden, irgendein Geräusch und brach seine Privatinspektion schnellstmöglich ab.

Seit diesem Tag wusste er, an wen er sich wenden musste, wenn er wirklich frisches Wissen über seinen Chef bekommen wollte: an Angelika Olm! Dr. Uwe Struwe, der anders als die gewiefte Sekretärin noch nie in seinem Leben eine Kamera besessen hatte, war versessen darauf, an das Ohrenfoto zu kommen, das sie da eben gemacht haben musste.

Angelika Olm war überrascht, als einen Tag, nachdem sie das Ohr in Kemps Eisschrank entdeckt und fotografiert hatte, Dr. Struwe mit einem kleinen Blumenstrauß bei ihr in der Bürotür stand. Er sagte: „Meine Kollegin ist krank, da dachte ich an Sie, Frau Olm!“ So richtig konnte Angelika Olm damit nichts anfangen, war aber aufgestanden, weil ihr der Leiter der Finanzabteilung seine Hand entgegenstreckte. Seit sie Dr. Struwe kannte, hatte sie bei ihm an kalten Fisch denken müssen, und deshalb war sie überrascht, dass sich seine Hand ganz normal warm anfühlte. Sie war ein klein wenig geschmeichelt wegen des Straußes, auch, wenn der unübersehbar an einer Tankstelle gekauft worden war.

Kurz vor ihrer Mittagspause, für die sie täglich exakt um 12.35 Uhr das Haus verließ, um in einem gegenüberliegenden Café etwas zu essen, stand Dr. Uwe Struwe ein zweites Mal vor ihrem Schreibtisch, sagte ziemlich staccato: „Zahlen beherrsche ich. Präsentationen weniger“, zeigte ihr einen USB-Stick, bat Angelika Olm, ob sie bitte einen Blick auf die Folien werfen könnte. Sie schaute kurz auf die

Blumen, und als sie den Stick einlegte, lief alles nach Dr. Struwes pedantischem Plan. Ein harmloses kleines Computervirus installierte sich, und schon ging nichts mehr. Großzügig bot Dr. Struwe ihr an, sich zu kümmern, sie könne ganz unbesorgt in die Pause gehen, das dauere nur kurz, er würde die Bürotür dann zuziehen. Es war 12.32 Uhr, eine Zeit, in der Angelika Olm unruhig wurde, weil der mittägliche Cafébesuch ein Ritual für sie war. Sie war einverstanden.

Als Angelika Olm nach einer halben Stunde zurückkam, hatte Dr. Struwe in buchhalterischer Genauigkeit einige ihrer Ordner durchgesehen. Erst fand er nichts, dann landete er einen Volltreffer. Auf dem Rechner von Frau Olm lag nämlich noch ein weiterer Stick. Er öffnete den Inhalt, fand Dateien über das Unternehmen und dessen Beziehungen zu Indien, die er noch nicht kannte, und auch noch die zwei, drei Aufnahmen von einem Ohr auf Grünkohl im Mirabellensorbetkarton samt unterwasserartiger Lichtreflexe, die von Kemps Glaskugel stammen mussten.

Die Blumen von Dr. Struwe gefielen Angelika Olm. Sehr viel weniger gefiel ihr, was sie entdeckte, als sie vor dem Nachhausegehen in üblicher Sekretärinnenart ihre Internetspuren beseitigten wollte. Die von der Tchibo-Vorschau zum Beispiel. Sie bemerkte, dass irgendetwas anders war als sonst. Vielleicht lag es am Virus, das Dr. Struwe eingeschleppt hatte. Sie schaute zum Rechner, sah, dass dort ihr eigener USB-Stick eingesteckt war. Ihr Blut begann, bis in die Fingerspitzen zu kochen. Es war ein solcher Anfängerfehler von ihr! Aber sie hatte schlicht vergessen, das Ding in ihre Handtasche zu packen, als der „blöde Finanzheini“ sie überrumpelt hatte. Wie sie Mister Einstecktuch dafür hasste, der nun wahrscheinlich all ihre Informationen geklaut hatte. Und wie sie sich selbst für die Unvorsichtigkeit hasste. Am meisten aber hasste sie die Blumen, diese Blumen des Bösen! Sie nahm sie und warf sie in den Papierkorb.

Dr. Uwe Struwe hatte sich nach dem kleinen Computerspionage-Intermezzo festgebissen in die Sache mit dem Frostohr und in die Datensätze von Frau Olm, die ihm derweil die eiskalte Schulter zeigte. Die Zahlungsverschiebereien, die von Rintel kamen und bei Kemp endeten, waren für ihn nichts Neues. Neu war eher, dass verschiedene andere Unternehmen in die Zahlungen involviert zu sein schienen und Dr. Struwe Anzeichen dafür zu erkennen meinte, dass Eduard Kemp seit dem Ohrenfund weitere, deutlich höhere Zahlungen erhielt, die er ganz besonders unter Verschluss hielt. Und natürlich: Indien, immer wieder spukte Indien durch seine Erkundigungen. Dr. Struwe schäumte, weil er letztlich nichts fand, um den Knoten platzen zu lassen.

Dabei war er weit gegangen, hatte das Thema einmal direkt und unausweichlich angesprochen. Das war, als sein Chef, Dirk Menke und er sich zufällig zeitgleich auf dem Flur vor dem Büro von Angelika Olm über den Weg gelaufen waren. Er hatte gesagt: „Wir drei sollten einmal zusammen essen gehen. Vielleicht indisch?" Die zwei anderen reagierten nicht. Doch Menke dachte: „Der weiß was!", Kemp dachte: „Der will was!" und Angelika Olm, die alles mitgehört hatte, dachte, wer die drei gemeinsam im Restaurant sieht, fragt sich, warum einer der zwei Söhne wohl Zuhälter geworden ist.

Dr. Uwe Struwe wartete und wartete. Auf Erklärungen, auf Fehler, auf was auch immer. Für ihn stand fest: Mit einer einfachen Sonderprämie würde er sich diesmal auf gar keinen Fall abspeisen lassen. Er wartete drei lange Monate. Doch nichts tat sich. Schließlich riss ihm der Geduldsfaden.

Am Mordabend von Eduard Kemp wartete Dr. Uwe Struwe im Not-Treppenhaus der Firmenzentrale von Kuhne & Söhne, bis alles ruhig war. Er ging dann durch die Hintertür der Schrankbar, um nicht beobachtet zu werden. Er wusste, dass Kemp noch da war und er sich fürchterlich erschrecken würde. Es war ihm sehr recht, denn schließlich konnte Dr. Struwe nachts schon nicht mehr schlafen vor Unruhe über das Ohr und die unklaren Zahlen. Sein Augenlid zuckte nervös, wenn er nur daran dachte. Es war allerhöchste Zeit, den Chef aus der Reserve zu locken.

Eduard Kemp fuhr in sich zusammen, als sich die Wand der Schrankbar ohne Vorankündigung mit einem lauten Knarren öffnete. Er sprang auf. Und sah den akribischsten aller seiner Mitarbeiter. „Aber Herr Dr. Struwe, von Ihnen erwartete ich, dass Sie für die Finanzpläne den Gang in die andere Richtung gehen!“ Kemp lachte gequält, was ungefähr so klang: „Hä-hä-hä-äh-hä“, und hörte schlagartig auf, als Dr. Struwe schwieg und sich langsam, grußlos und selbstgefällig in den Besucherstuhl gegenüber setzte. Auch Kemp setzte sich wieder. „Dort im Eisschrank gab es ein Ohr, und glauben Sie mir, Herr Kemp, ich weiß, was es damit auf sich hat!“, bluffte der Finanzleiter in einem für seine Verhältnisse geradezu revolutionären ungezogenen Tonfall. Dr. Struwe lehnte sich noch weiter aus dem Fenster, gab vor, er wisse von großen Geldmengen und warf auf blauen Dunst das Wort „Schutzgeld!“ in den Raum. Dass Schutzgeldzahlungen hinter dem gefrorenen Ohr stecken könnten, das war ihm tatsächlich schon sehr früh in den Sinn gekommen, wenngleich Dr. Uwe Struwe weder in der Bibliothek noch im Internet Hinweise gefunden hatte, dass eine indische Mafia sich jemals in einer ländlich geprägten Region ausgebreitet hatte, in der überdies viele Bewohner Migration für einen Kochkäse hielten, wie einst eine Straßenumfrage des *Kurier* ergeben hatte.

Eduard Kemp gefiel die Vokabel „Schutzgeld" aus dem Munde seines Finanzleiters überhaupt nicht. Noch dazu, weil er Dr. Struwe für besessen hielt. Zahlenbesessen, aber auch besessen von sich selbst. Bei solchen Menschen konnte es sein, dass ihnen ohne Vorwarnung die Drähte durchglühten. Weil der Geschäftsführer der Kuhne & Söhne wusste, dass er allein im Büro war, versuchte er ruhig zu bleiben, und mahnte in Anspielung auf die nicht wenigen krummen Dinger, die sie in der Vergangenheit gemeinsam über die Bühne gebracht hatten: „Mein lieber Herr Dr. Struwe, Sie werden dafür bezahlt, gut bezahlt, dass Sie Ihre Arbeit tun, wie Sie sie tun! Bitte belästigen Sie mich gefälligst nicht mit solchen Kannibalenmärchen." Dann haute er mehrfach mit der Hand auf den Tisch, als würde er ein Kotelett klopfen. Das Gespräch schaukelte sich hoch. Dr. Uwe Struwe ging im Zimmer herum und dann zum Eisschrank, wusste jedoch, dass Kemp das Ohr längst hatte verschwinden lassen, weil er das damals natürlich nachgeprüft hatte. Schon am nächsten Morgen war es weg gewesen, wobei es ja im Grunde auch logisch war, dass Eduard Kemp nicht längerfristig Kartons mit menschlichen Organen bei sich im Büro lagern würde.

Aus seiner Jackentasche zog Dr. Struwe nun Papiere. Es waren vor allem Ausdrucke vom Zahlenmaterial, das er von Frau Olm gestohlen hatte. Es waren aber auch mehrere DIN-A4-große Ausdrucke des Ohrenbildes darunter und

Namen von anderen regionalen Firmen, bei denen Struwe einen Zusammenhang mit Indien vermutete. Er wedelte mit den Ohrenfotos hin und her und wies seinen Chef auf die Tischplatte und den Lichtreflex hin: „Das ist eindeutig hier auf ihrem Schreibtisch gemacht worden. Ich habe es auf einem USB-Stick." Dr. Struwe zeigte den Stick: „Ich kann es auch gern direkt an den *Kurier* geben, wenn wir hier nicht weiterkommen!"

Kemp verstand, dass sein Spielraum begrenzt war und sein Talent, schnell zu denken, ihm hier nicht wirklich weiterhalf. Wollte er das Indiennetzwerk vor fremden Zudringlichkeiten schützen, musste er in irgendeiner Weise einlenken. Mehr als das: Würde sein Ego-Schutzgeldtrip auffliegen, wäre das – mal ganz unabhängig von jeder strafrechtlichen Betrachtung – zugleich ein Abschied für immer aus jeglicher gesellschaftlichen Position. Man würde ihn verachten und ausgrenzen, und vielleicht würde sich sogar jemand an ihm rächen. Hier kam es somit allein auf die Frage an: Was hat Dr. Uwe Struwe wirklich über die Schutzgeldforderung herausgefunden? Wusste er womöglich, dass es gar keine *Indische Mafia* gab, sondern nur erfundene Drohgebären und eine rasende Wut auf Hermann Rintel? Wenn Struwe das wusste, dann wäre er geliefert!

Eduard Kemp blieb nichts anderes übrig, als es auszutesten. Er bot Dr. Uwe Struwe dazu Geld an, aber Struwe dachte diesmal eher an Macht, an eine, das klang, so wie er es sagte sehr bürokratisch, „geregelte Nachfolgelösung". Kemp war daraufhin trotzdem zu seinem Eisschrank gegangen, hatte einiges verschoben und gehoben und ein gekühltes Geldbündel herausgezogen. Er erkundigte sich, ob er er nicht zunächst diesen Betrag nehmen wolle, dann könne man in Ruhe weiter überlegen.

Sie waren sich schon fast handelseinig, und Eduard Kemp wollte ihnen just die Trüffelpralinés aus dem Zweiertütchen vorn auf seinem Schreibtisch auspacken, als es hinter der Barschrankwand erneut knarrte und kratzte. Diesmal trat, so unerwartet wie zuvor Dr. Struwe, Dirk Menke herein.

Auch Dirk Menke hatte sich vorgenommen, seinen Chef zur Rede zu stellen. Und Dirk Menke war nicht einmal erstaunt, als er das Duo Kemp/Struwe sah. Denn so, wie Dr. Uwe Struwe dachte, Menke sei der Intimus ihres gemeinsamen Arbeitgebers, hatte Menke – Mangalore-Service hin oder her – gedacht, Kemp fechte die elementaren Sachen des Hauses allein mit dem Finanzleiter aus. Beide Herren waren sprachlos und erschrocken, als sie sich einander gegenüber sahen. Eduard Kemp sowieso. Dr. Uwe Struwe flüsterte: „Gehe nie zu deinem Fürst, wenn du nicht gerufen wirst …"

Dirk Menke, der plötzlich noch kolossaler aussah als an regulären Arbeitstagen, warf Eduard Kemp fast mädchenhaft vor: „Sie haben mich in all den Jahren ja nur benutzt, Herr Kemp! Aber damit ist jetzt endgültig Schluss!" Dabei tigerte er auf dem Flauschteppich umher und pflügte immer wieder mit seiner Fußspitze die blauen Fransen um. „Sie haben mich belogen! Ich weiß genau, dass das Indiennetzwerk keine Sache allein zwischen Hermann Rintel und Ihnen und mir ist! Fast alle Unternehmer aus unserer Stadt stecken da mit drin! Und seit ich den Nashornkopf und die

Ohren aus Managlore im Paket hatte, da zahlen die alle Schutzgeld an Sie. An Sie persönlich, Herr Kemp, denn Ihre *Indische Mafia* ist ein verdammtes Phantasiemonster aus Ihrem Kopf!" Dirk Menke sagte, er habe sich die Unternehmen inzwischen schon fast alle angesehen und herausgefunden, dass es fast überall „Außenwirtschaftsbeauftragte für besondere Aufgaben" gibt – „von wegen Triumvirat! So ein Müll!"

Es folgte ein Moment der Stille. Menke setzte sich dann auf den Besucherstuhl neben Dr. Struwe, und Eduard Kemp wirkte plötzlich trotz seines wuchtigen Sessels wie auf verlorenem Posten. Die einzige ihm verbleibende Option schien zu sein, seine abtrünnigen Mitarbeiter ab jetzt mit ins Boot zu holen und die Schutzgeldzahlungen wohl oder übel neu aufzuteilen.

Dr. Uwe Struwe hatte die ganze Zeit über intensiv zugehört. Gestolpert war er über den Nashornkopf, wollte wissen, was es mit dem nun schon wieder auf sich habe. „Ja", sagte Menke, „was hat es eigentlich mit dem Nashornkopf auf sich?", und stellte fest, dass er sich diese Frage so recht noch nie gestellt hatte, was daran liegen mochte, dass er in seinem Berufsleben schon so viele, auch große Tiere, in eiskaltem Zustand gesehen hatte. Die darauf folgende Antwort von Eduard Kemp klang nach Herrenwitz. Kemp sagte kurz, bündig, aber vehement: „Potenzprotz!" Kemp sah Dr. Struwe und danach Dirk Menke intensiv an. Dr. Struwe sah dann ebenfalls Dirk Menke an, aber bevor irgendjemand irgendetwas hätte sagen können, fuhr Kemp mit einer Stimme fort, die Hass erkennen ließ: „Hermann Rintel ist ein solcher Potenzprotz!" Die Herren könnten das gewiss nicht wissen, aber er kenne den obersten Wirtschaftsförderer nun schon etwas länger. Und damals, als sie noch befreundet gewesen seien, da habe er in Indien eine besondere Überraschung für ihn in Auftrag gegeben.

Eduard Kemp versuchte etwas Verbindendes zu stiften, indem er sagte: „Bei Herrn Shankar, Herr Menke, bei Herrn Shankar hab ich's bestellt! Sie wissen doch, das ist der, von dem wir die getrockneten Frösche bekommen, die unsere Suppen sämiger machen." Menke antwortete trocken, er kenne keinen Herrn Shankar, und dann ausfallend: „Ich kenne überhaupt keinen einzigen Inder in echt!" Der Geschäftsführer sagte dann, ähnlich unvermittelt wie vorher Potenzprotz: „Indisches Panzernashorn!" Das bestellte indische Panzernashorn sei – „Sie wissen das Herr Menke!" – zwei Tage vor Hermann Rintels Geburtstag und damit „überaus pünktlich angeliefert worden". Ein Granulat aus dem Horn, das sei enorm teuer und so begehrt, dass es sogar organisierte Gruppen gäbe, die es aus Museen stehlen. Es solle aber auch enorm gut wirken. „Das Nashorn war als Überraschung gedacht", fuhr Kemp fort und ergänzte vieldeutig: „Aber dann kamen bei mir *persönliche Gründe* dazwischen, die eine Schenkung unmöglich gemacht haben."

Kemp hätte auch sagen können, dass ja wohl kein Mann einem anderen Mann ein Nashorn schenken würde, wenn exakt dieser andere Mann gerade intensiv darum bemüht ist, ihm die eigene Geliebte abspenstig zu machen. Dieses Detail wollte Eduard Kemp lieber für sich behalten. „Das Ohr", meinte Kemp und verbesserte auf Plural, „die Ohren, die geben Inder bei den Bestellungen manchmal als Beigabe, denn der Inder an sich kann sich gar nicht vorstellen, dass sein Panzernashorn auch bei uns Europäern wirkt." So ein Stückchen von einem toten Inder aber, das befände sich ja quasi ohnehin auf dem Weg der Neuerschaffung. Wenn man die Ohren richtig zubereite, dann setze das Karma an der richtigen Stelle ein – „na, Sie wissen schon!" Sein Hä-hä-hä-äh-hä klang diesmal noch gequälter als vorhin, denn natürlich war jedes Wort, das er sagte, gelogen. Aber warum sollte er nun, wo alles den Bach herunterging, seine letzten Geheimnisse preisgeben? Wenn alle Stricke reißen würden, vielleicht könnte er sich mit den Ohren eine neue Existenz aufbauen!

Dr. Uwe Struwe und Dirk Menke hatten aufmerksam zugehört, fühlten sich aber, als säßen sie vor einer Kasperlebude, in der gleich das Krokodil kommt und dem Onkel eins auf die Mütze gibt. Dr. Struwe schlug einen harschen Ton an, drohte erzürnt, „Wir sind hier nicht im Kindergarten!", und als auch Dirk Menke einstimmte, sie würden sich doch nicht lächerlich machen lassen, da wendete Eduard Kemp plötzlich das Blatt, gab zu, er habe „das Potenzohr zu einem Schutzgeldohr umfunktioniert", und die gesamte Aktion laufe seit drei Monaten wie geschnitten Brot.

„Dann sollten Sie sie jetzt an uns übertragen", sagt Dr. Struwe so nüchtern wie unvermittelt und schaute dabei Dirk Menke an, als sei dieser sein Kollege in einem Beratungsgespräch für einen Bausparvertrag. Beide Kuhne & Söhne-Mitarbeiter bemerkten mit einem Mal, wo ihre Chancen liegen könnten und dass sie inhaltlich gar nicht so weit auseinander lagen. Geld und Macht waren plötzlich greifbar nahe. Ohne große Worte schmiedeten sie eine Allianz gegen ihren Chef, in der Nashörner und Ohren ganz nebensächlich waren, weil es um etwas viel Größeres ging.

Dirk Menke verriet nebenbei, dass er sein bisheriges Wissen über das Indiennetzwerk sicherheitshalber bei Rechtsanwalt Dr. Depenbrock hinterlegt habe, und beide sagten dann noch dies und das und entwarfen erste Ideen, wie das Schutzgeldprojekt ohne Eduard Kemp aussehen könnte. Sie bemerkten allerdings nicht, dass Kemp zwischenzeitlich die Namen „Menke!" und „Struwe!" auf einen Zettel kritzelte, sagte, er wolle ihnen noch etwas Geld geben. Er ging zum Eisschrank und legte den Zettel an die erstbeste Stelle in eines der unteren Gefrierfächer, entnahm pro forma noch einige Scheine und konnte erstmals nachvollziehen, wie es sich für die Unternehmer des Indiennetzwerkes anfühlen musste, wenn sie um ihr Leben fürchteten. Und da machte es vermutlich absolut keinen Unterschied, ob da nun die *Indische Mafia* oder die *Inhouse Mafia* hinter einem her war. Kemp gab den Männern das Geld, äußerte sich aber nicht zu deren Vorhaben, sondern ließ sich von Dr. Struwe die Datenausdrucke und die Ausdrucke vom Ohrenbild sowie den USB-Stick geben. Beides hielt er in der linken Hand. Er beugte sich über den Schreibtisch, lehnte sich dann nach hinten und stellte den Schredder „Super S 343" an, als Menke eindringlich mahnte: „So einfach läuft das hier nicht, mein Freund!"

Plötzlich ging alles sehr schnell, und an die Reihenfolge konnte sich später niemand mehr genau erinnern. Jedenfalls tat Eduard Kemp zunächst, als würde er sich zum Schredder drehen, um die Papiere hineinzufüttern, mit denen ihn Dr. Struwe erpresste. Stehend, noch halb schräg über den Schredder gebeugt, griff Kemp dann zu einer Schublade, rief laut: „Ich habe hier eine Waffe!“ Im selben Moment, als er die Schublade aufzog, war auch Dirk Menke schon hinter dem Schreibtisch, um Kemp die Papiere wegzunehmen. Kemps Krawatte musste sich zu diesem Zeitpunkt schon so unglücklich im „Super S 343“ verfangen haben, dass „Waffe“ schließlich sein allerletztes Wort im Leben war. Dr. Uwe Struwe hatte entgeistert „Er hat eine Waffe!“ wiederholt und sich geduckt. Kemp nahm die Hand von der Schublade, weil es ihm so unerwartet die Luft zuschnürte. Statt den Schredderstecker zu ziehen oder den Ausschaltknopf zu drücken, fasste er sich mit beiden Händen an den Hals. Kann sein, es hätte gereicht, dem „Super S 343“ Paroli zu bieten, aber Dirk Menke hatte nur kurz gezögert und dann Kemp mit Kraft seine Finger in den Rücken gepresst. Später sollte er denken, dass es sich anfühlte, als würde man sich im Stehen mit einer Hand auf einen Tisch aufstützen.

Als Dr. Struwe hochblickte, sah er, wie Dirk Menke dort stand: Regungslos und wie tiefgefroren. 15 Sekunden. Vielleicht auch 15 Minuten. Kemp röchelte anfangs noch. Aber das hörte auf. Alles war still.

Wie auf ein unhörbares Kommando hin wischten Dirk Menke und Dr. Uwe Struwe mögliche Fingerabdrücke ab. An den Sessellehnen, am Barfach und am USB-Stick. Dr. Struwe griff sich seine Papiere und die Fotoausdrucke, die auf dem Teppich lagen. Als er sich seinen USB-Stick nahm, fiel dieser ihm im Eifer des Gefechts herunter und versank, ohne dass er ihn wiederfinden konnte, in den blauen Fransenfluten. Er vermutete, dass der Kommissar sich genau danach gebückt hatte, als er am nächsten Morgen in Kemps Büro gerannt war, um zu sehen, ob die Polizei ihn schon gefunden hatte.

Als Menke und Struwe gegen 22.15 Uhr wieder etwas sagten, flüsterten sie. „Mach die Schublade mit dem Bein zu", sagte Dr. Struwe noch zu Dirk Menke. Dieser sah in die Schublade: „Der hatte ja gar keine Waffe!" Sie gingen durch die Schrankbar hinaus.

Draußen übernahm Dirk Menke das Zepter, erklärte sehr gefasst, sie beide seien ab jetzt eine Schicksalsgemeinschaft und würden die Sache mit dem Schutzgeld übernehmen müssen. Er werde dafür gleich morgen früh zu Hermann Rintel ins Büro gehen und die Eckdaten mit ihm klären. Später, da würde er auf Erhard Lank von der Lank-Backmaschinen für Bäckereien zugehen. Über dessen Rolle im Indiennetzwerk wisse er so gut wie nichts. Zudem würde er die Papiere von seinem Anwalt abholen, das wäre „ja jetzt brandgefährlich für unsere Schutzgeldaktion, wenn das Wissen jemand Fremdes in die Finger bekommt".

Dirk Menke verriet, wo der Nashornkopf und vier weitere Ohren lagerten, und, auch das solle sich Dr. Uwe Struwe gut einprägen: „Falls die Polizei fragt, waren wir bei einem Treffen mit Unternehmern, denn ein Teil des Indiennetzwerkes trifft sich genau jetzt", sagte Menke und schaute auf seine Uhr. Die würden ihnen schon aus reinem Eigennutz ein Alibi geben, da sie beide ja ab jetzt in leitender Funktion dazugehörten: „Wir sind die neue Schnittstelle zur *Indischen Mafia!*"

Sibylle Alts Trüffel kamen am Abend, an dem Eduard Kemp tot über seinem Aktenvernichter lag, in Dirk Menkes Plan noch nicht vor.

Kai Ender malte kleine Briefmarkenzacken auf seine Schreibtischunterlage und dachte an seine Schwester. Sein Fall trieb ihn zur Weißglut, denn alle Verdächtigen waren im Grunde nur Nebenfiguren. Da gab es Dirk Menkes Zufallsmörderin Sibylle Alt, die inzwischen in U-Haft saß, weil die Staatsanwaltschaft den Fall des alten Briller wieder aufgerollt hatte. Und natürlich wegen der Trüffel, die Eduard Kemp treffen sollten, aber Dirk Menke weggekegelt hatten. Staatliche Vollpension gab es seit einigen Tagen auch für Hermann Rintel, der jedoch nicht Kemps Mörder sein konnte, da er sich am Tatabend bis 23 Uhr mit einer chinesischen Delegation getroffen hatte. Rintels Verstrickungen in das Indiennetzwerk hatte Kai Ender derweil an das Wirtschaftsdezernat abgegeben, das fast tagtäglich regionale Firmen stilllegte, so dass es nur eine Frage der Zeit war, bis die örtliche Industrie- und Handelskammer von einer „neuen Standortschwäche" sprechen würde. Auch in die Schutzgeldsache war Licht gekommen. Hier war eindeutig Eduard Kemp der Hauptverdächtige, Dirk Menke ganz kurzzeitig sein Nachfolger.

Was für Kai Ender immer noch offenblieb, war der Mord an Kemp. Er hielt Dirk Menke für den Täter, dessen Alibi geplatzt war, weil unter den neuen Umständen niemand mehr etwas davon wissen wollte, dass der Vertriebsleiter am Mordabend für seinen Chef das Unternehmertreffen besucht hatte. Gleiches galt für Dr. Uwe Struwe. Unklar blieb für Kai Ender, warum Menke trotzdem die Liste mit Verdächtigem bei Dr. Depenbrock hinterlegt hatte. Insgeheim vermutete Kai Ender noch immer, dass Eduard Kemp die Namen seiner Mörder auf den Zettel geschrieben hatte, der ihm am allerersten Tag aus Kemps Luxuseisschrank entgegengefallen war: „Menke!“, „Struwe!“ Es war damals seine erste Spur überhaupt in diesem Fall. An Dr. Uwe Struwe aber, an dem glitschte Kai Ender immer wieder ab. Er hatte inzwischen sein Alibi „korrigiert“, sagte nun, er habe am Mordabend von Eduard Kemp doch nicht das Treffen regionaler Unternehmer besucht, sondern gemeinsam mit zwei Studienkollegen, die er aus dem Ärmel zauberte, Karten gespielt. Kai Ender glaubte ihm kein Wort, aber er konnte nichts tun, um ihm das Gegenteil zu beweisen. Dieser Mann, der gewiss weder Skat- noch andere Freunde hatte, war so glatt wie ein Wassereis.

Einige Wochen waren vergangen, in denen Angelika Olm nicht aufgehört hatte, sich für den Fall zu interessieren. Einmal war sie vor der Polizeiwache absichtlich in Kai Ender hineingelaufen, hatte sich ein wenig über die Ermittlungen unterhalten wollen, aber Kai Ender durfte nichts sagen. Angelika Olm fand, er bräuchte dringend Hilfe. Er sehe schlecht aus. Zu diesem Zeitpunkt war sie schon ein ganzes Stück weiter. Angetrieben hatte sie ihre große Wut auf Dr. Struwe, den sie für den Mörder hielt und der sie, nachdem er das Unternehmen als Interimsmanager weiterführte, in die Sachbearbeitung versetzt hatte.

Angelika Olm hatte jeden einzelnen seiner Schritte verfolgt, hielt sich regelmäßig in der Poststelle auf, wo sie freiwillig half, die Briefe zu sortieren. Das Verdächtigste, was sie fand, war ein Schreiben, auf das sie sich keinen Reim machen konnte. Es war an Eduard Kemp gerichtet und handschriftlich verfasst von der Inhaberin einer Firma aus dem Norddeutschen, die einen Großhandel und einen kleinen Laden mit Dingen betrieb, die irgendwo zwischen Esoterik und Erster Hilfe zu Hause waren. Im Internet sah Angelika Olm, dass sie Klangschalen und Edelsteine verkaufte, Pendel oder auch Energiepyramiden, die man sich über das Bett hängen sollte.

Die Dame schien nichts zu wissen von den Entwicklungen bei Kuhne & Söhne, fragte höflich, „ob Sie denn schon fündig geworden sind in Sachen Ohren, denn es besteht unsererseits nach wie vor großes Interesse, ins Geschäft zu kommen". Die Nachfrage steige, man könne sich „eine künftige Zusammenarbeit auch bei anderen Produkten im Non-Food-Segment vorstellen". Der Brief schloss mit: „Ich denke gern an unseren gemeinsamen Segeltörn und an Ihre Berichte über Indien! Herzlichst Ihre Ira Robenstroth." Angelika Olm wusste nichts von einer Frau Robenstroth. Oder von einem Segeltörn. Es machte sie ganz fuchsig, und da es die erste heiße Spur zu ihrem Ohrenfoto war, entschloss sie sich, zu Hause alle ihre Ordner noch einmal neu durchzugehen.

Sie war fast fertig mit dieser Sisyphusarbeit, war drauf und dran, Frau Robenstroth persönlich aufzusuchen, als sie eines Morgens den *Kurier* las. Erst lachte sie, weil die Redakteure aus einer „Flötengruppe" eine „Fötengruppe" gemacht hatten. Als sie weiterblätterte, entdeckte sie eine unscheinbare Notiz: „Eduard-Kemp-Kreisel erneut aufgerissen. Verkehrsfluss behindert." Das Foto daneben zeigte auf den ersten Blick eine tödlich langweilige Bauszene, ein typisches Lückenfüllerfoto, wie es sie so zahlreich gab, seit Hermann Rintel von der Bildfläche verschwunden war. Für Angelika Olm sprach das Foto im *Kurier* Bände, denn sie sah mehr als der Durchschnittsleser: Es waren Mitarbeiter der Baufirma Röster, und hinten, am linken Bildrand, sah sie ganz deutlich ein winziges Stück des babyblauen Nobelschlittens von Dr. Struwe. Sie sah außerdem, dass die Baufirma einen Styroporkarton auf dem Hänger hatte. Gerade so einer, wie sie ihn aus ihrer Firma kannte. Was für eine Spur, um Kai Ender aufzumuntern!

Kommissarin Zufall half Kommissar Ender, der eine Kopie des *Kurier*-Artikels umgehend in seinem Postfach fand. Die wichtigsten Punkte waren markiert und mit Notizen versehen. Angehängt war die Adresse einer Firma aus dem Norddeutschen. Kai Ender ging den Informationen nach, und es stellte sich schnell heraus, dass er statt einer Streife eher ein professionelles Ausgrabungsteam benötigen würde. Der Fund der Polizei machte bundesweit Schlagzeilen: Im „Kempingplatz" nämlich lagerten Papiere fast aller Firmen, die in das Indiennetzwerk verstrickt waren. Weiter unten fand man außerdem ältere Dokumente in anderen Angelegenheiten. Tatkräftige Unterstützung bei der Entsorgung, das ermittelte Kai Ender, gab die Baufirma Röster. Auch unter mehreren anderen Objekten, die die Rösters betreuten, fand man später Akten und Zwielichtiges. Allein der Seniorchef Wilhelm Röster wurde nicht müde zu betonen, dass er von all den untergebuddelten Dingen rein gar nichts gewusst habe. Er fand es sogar „höchst bedenklich! Wir sind hier doch alle katholisch!"

Vieles, das war einfach zu erkennen, war erst ganz frisch und offenbar in großer Eile nach Hermann Rintels Festnahme in den Eduard-Kemp-Kreisel hinein verfrachtet worden. Das mit Abstand Bizarrste davon waren ein Nashornkopf und Ohren in einer Plastiktüte. Vier an der Zahl. Während man versucht haben musste, den Nashornkopf zu trocknen, der trotzdem pestilenzartig stank, brachten die Ohren eine Wendung in den Fall. Die Polizisten am Fundort waren zunächst erstaunt, denn die Ohren schienen zwar etwas verformt, wiesen aber dafür so gut wie keine Verwesungserscheinungen auf. Klarheit brachte die Untersuchung von Professor Dr. Schröpf. Der Leiter der Rechtsmedizin rief Kai Ender erbost an, schimpfte, was ihm einfiele, ihm solche Scherzartikel vorzulegen. Und er erklärte dem Kommissar, die Ohren aus der Plastiktüte im „Kempingplatz" seien deshalb so intakt, weil sie indische Wertarbeit seien: Sauber geformtes Handwerk, leicht getönt, relativ großporig, leicht orientalisch, wetterbeständig, täuschend echt und schmutzabweisend. „Kunstvoll“, sagte der Fachmann aus der Rechtsmedizin.

Kai Ender verstand nicht. Der Professor hob an zu einem ausschweifenden Vortrag über die Vorzüge, die das Silikon der Medizin gebracht habe. Kai Ender musste ihn stoppen, und Professor Schröpf, in der Ehre gekränkt, sagte barsch und etwas technisch: „Drei der vier Ohren aus der Tüte sind rechte Ohren und baugleich mit dem menschlichen Ohr, das neulich im Eisschrank bei Ihrer Tiefkühlfirma gefunden wurde. Das vierte Ohr ist ein linkes Ohr und so eines wie von Ihrem Foto vom USB-Stick.“ Er sei sicher, das menschliche Ohr auf dem Grünkohl habe als „Stilvorlage“ für die Silikonohren gedient, die „übrigens hüpften wie ein Flummi“. Für ihn stehe fest, dass der Laie menschliche Ohren auf den ersten Blick nicht von Silikonohren unterscheiden könne: „Wer diese Ohren hergestellt hat, wollte zeigen, was er kann!“ Dass ausgerechnet das indische Original aus Fleisch und Blut auf dem aufgetauten Grünkohl gefunden wurde, das sei wohl purer Zufall.

Dr. Uwe Struwe wurde kurz nach den Ausgrabungen festgenommen. Er erzählte Kai Ender einiges, verschwieg aber noch mehr. Als die Polizei seinen Studienfreunden auf den Zahn fühlte, die angeblich an Kemps Mordabend mit ihm Karten gespielt haben wollten, gaben sie zu, sie seien keine Freunde von Dr. Struwe, aber er habe sie gut bezahlt. Derart in der Bredouille, gestand der smarte Finanzleiter ein, am Mordabend exakt in dem Moment in Kemps Zimmer gekommen zu sein, als Dirk Menke den Kopf der

Firma Kuhne & Söhne Richtung Schredder drückte: „Dirk Menke hat sich wahnsinnig erschrocken, als er mich gesehen hat, aber viel merkwürdiger war, was für ein wirres Zeug er erzählt hat. Von Potenzmitteln und Schutzgeldohren und einem indischen Panzernashornkopf im Tiefkühllager". Er habe ihn nicht für voll genommen, aber nach Menkes Tod, da habe er tatsächlich einen Styroporkarton gefunden, der mit „CHEFSACHE" beschriftet war, in dem ein Nashornkopf lag und den er selbstverständlich habe loswerden wollte: „Wegen der Hygiene!"

Für eine Anklage wegen Mordes, das wusste Kai Ender schnell, würde es bei Dr. Uwe Struwe, dem aalglattesten Lügenbaron der westlichen Hemisphäre auf keinen Fall reichen. Aller Voraussicht nach aber dafür, dass Angelika Olm ihren Interimschef im Betrieb nie wiedersehen würde. Für das tote Nashorn notierte sich Kai Ender auf seinem Block den Nachruf *„Die Nase groß, was meint das bloß?"*

Worauf Kai Ender wirklich stolz war, war die Tatsache, dass er aufklären konnte, was es mit den indischen Ohren auf sich hatte. Er hatte dazu Kontakt mit der Firma aufgenommen, deren Adresse ihm zugespielt worden war. Die Dame, die er am Telefon hatte, meldete sich mit „Robenstroth – Tarot & Co.", sprach langsam und zäh und mit einem Timbre, das an Tod und Raben denken ließ. Als Kai Ender ihr die Todesnachricht von Eduard Kemp überbrachte, hörte sich die Dame geknickt an und erzählte, dass sie sich seit vielen Jahren mit Traditioneller Chinesischer Medizin und Akupunktur befasse. Sie erklärte Kai Ender, dass es viele Vorteile haben könne, wenn man sich kleine Nadeln in die Ohren steche oder stechen lasse. „Sie müssen sich das so ähnlich vorstellen wie bei Vodoo-Puppen, Herr Kommissar", erklärte sie, und dass sie schon sehr, sehr lange auf der Suche „nach preiswerten *Übungsohren*" gewesen sei, als sie durch Zufall bei einer Segeltour Eduard Kemp kennenlernte. Herr Kemp habe ihr versprochen, sich nach Ohrmuschelmustern für sie umzuschauen. „Wir haben uns sogar über eine neue Firmengründung unterhalten, denn es gibt da eine riesige Marktlücke, Herr Kommissar. Herr Kemp und ich, wir wollten kleine Komplettsets für jedermann anbieten. Für zwischen fünf und zehn Euro pro Ohrenpaar, aber bloß nicht teurer." Eduard Kemp habe ihr gesagt, er kenne da eine Firma in Mangalore – „aber dann hat er sich einfach nicht mehr bei mir gemeldet ..."

Weitere Nachforschungen der Polizei ergaben, dass Eduard Kemp tatsächlich solche Übungsohren in Indien nachgefragt hatte. Man konnte nachweisen, dass die Ohren nach Deutschland geschickt worden waren. Sechs waren es insgesamt. Ein Original von einem Toten und drei rechte Ohren, die davon kopiert worden seien, sowie zwei linke, ebenfalls aus Silikon. Das echte Ohr war vermutlich als Vergleich mitgeliefert worden, um bei der Erstlieferung mit den naturgetreuen Nachbildungen zu beeindrucken. Polizeikollegen teilten Kai Ender mit, dass es die Frage gab, ob bei den Ohren „auch etwas Größeres dabei war?" Auf einen Nashornkopf wollte man sich in Indien aber nicht festlegen lassen, bat jedoch dringend um Rechnungsausgleich.

An einem der darauffolgenden Wochenenden hatte sich Kai Ender bei seinen Eltern am See eingeladen. Zur Erholung. Seine Mutter fragte ihn, ob er sich an den Tag erinnere, an dem sie „Höllenschlund!“ geschrien und mit dem Fuß auf eine Blütesk-Tube gestampft habe, die bis an die Fensterscheibe gespritzt sei. Ja, antwortete Kai, daran erinnere er sich gut. Seine Mutter sagte stolz, man wisse jetzt, warum damals so viele Kundinnen eine Allergie bekommen hätten: „Weil unser Chef in die ‚Original indische Rosen-Zartpflege‘ original indische Zusätze gemischt hat!“ Überhaupt sei da ein ganz großer Skandal in Gang und Tote, Tote habe es auch schon gegeben. Kais Mutter sagte, er solle besonders vorsichtig sein, könne gerne eine Zeitlang wieder nach Hause ziehen. „Meinst du, Tupper wäre was für mich?“, hatte sie Kai noch gefragt. Sein Vater hielt sich da ganz heraus. Bei der Abfahrt gab seine Mutter Kai einen Kuss und sagte aus tiefstem Herzen: „Wie gut, Kai, dass du nur bei der Polizei bist und nicht in der Wirtschaft!“

Abends war Kai Ender noch eingeladen. Auf ein Bier. Bei Hank, der ihm Annika vorstellen wollte. Annika Renzel, er wisse schon. Das sei eine tolle Frau, und er denke zu Hause schon über „eine neue Raumordnung nach“. Dieser entsetzliche Handelsreferenten-Slang. Kai Ender kämpfte mit sich. Vielleicht sollte er doch lieber in die Wirtschaft gehen.

In der Wirtschaft spielten sie „You ain't seen nothing yet“ von Bachman Turner Overdrive. Er sagte, nahezu synchron zum Song, „B-B-B-Baby“ zur Kellnerin, „könntest du mir ein Bier bringen?“ Sie sagte „J-J-J-Ja“ und lächelte ihn an, als habe sie sich gerade in ihn verliebt. Bei Hank sagte er ab.

# Die Autorin

Beate Bößl ist Juristin und Politologin. Nach dem Volontariat bei einer Tageszeitung ist sie nun in der Öffentlichkeitsarbeit einer Wirtschaftsorganisation tätig. „Tiefgefroren" ist ihr erstes Buch.